Histoire Du Prince Pipo

比波王子

【法】皮埃尔·格里帕里　著　王振孙　译
Pierre Gripari

上海译文出版社

Pierre Gripari
**HISTOIRE DU PRINCE PIPO, DE PIPO LE CHEVAL ET DE
LA PRINCESSE POPI**
©Editions Grasset&Fasquelle, 1978
Simplified Chinese edition copyright:
2017 SHANGHAI TRANSLATION PUBLISHING HOUSE (STPH)
All rights reserved.

图字：09-2014-585号

图书在版编目(CIP)数据

比波王子/(法)皮埃尔·格里帕里著；王振孙译.
—上海：上海译文出版社，2020. 10（2025. 3重印）
（夏洛书屋：经典版）
ISBN 978-7-5327-8597-1

Ⅰ.①比…　Ⅱ.①皮…　②王…　Ⅲ.①儿童小说—
中篇小说—法国—现代　Ⅳ.①I565. 84

中国版本图书馆CIP数据核字（2020）第166850号

比波王子 HISTOIRE DU PRINCE PIPO

[法]皮埃尔·格里帕里　著　　　王振孙　译

选题策划　赵平　　　　　　　　　责任编辑　朱昕蔚　张顺
内文插图　[法]克洛德·拉普万特　装帧设计　上超工作室　严严

上海译文出版社有限公司出版、发行
网址：www. yiwen. com. cn
201101　上海市闵行区号景路159弄B座
上海景条印刷有限公司印刷

开本 890×1240　1/32　印张 5.25　字数 57,000
2020年11月第1版　2025年3月第2次印刷
印数：8,001—9,000 册

ISBN 978-7-5327-8597-1
定价：26.00元

关于你、关于我、关于所有人的成长童话

赵小华

宋庆龄儿童发展中心

皮埃尔·格里帕里是法国二十世纪后半叶一位重要的童话作家。按他自己的说法，他的爸爸是希腊巫师，母亲是维京女巫，所以格里帕里的作品充满了神秘的色彩和奇妙的想象。他被人们誉为"给予世人梦幻粮食的造梦师"。

打开《比波王子》，如果你只看到了一个充满奇异想象、跌宕起伏的历险故事，那么你只看懂了这本书的一半。因为比波王子成长中的每一个故事，每一个情节都暗藏着有关人生的真理。

在"迷童客店"中，身无分文的比波饥肠辘辘地来到路边一幢孤零零的房子讨口吃的，店主让比波讲一个她从未听过的故事。比波只有三次机会，三个故事讲完以后，如果还达不到店主的要求，那么他

就要和其他顾客一样被困在迷童客店了。前面两个故事，店主都听过了，在只剩最后一次机会时，他灵机一动，把自己从出生到现在所经历的种种历险和坎坷一一讲了出来，那些精彩的故事不但吸引了女店主，也吸引了店里所有的人。故事讲完，所有人都脱险了。这时，比波和读者都在疑惑，为什么那些被困的人都没有讲自己的故事？店主的回答是："因为没有一个人敢讲，他们既害怕又害羞。第一个讲这个故事的人非得是一个敢作敢为的英雄。现在你们都走了，我也要走了，因为我已经不再有孩子需要看管了。"的确，我们每个人都是不同的，只有自己的故事才是最特别的。当一个人能够勇敢面对真实的自己，他才能够真正地成长和独立。女店主就象征着我们每个人的母亲，当看到孩子能够勇敢面对真实生活、真实内心时，她觉得孩子已经长大了，不再需要看管了。

在"大图书馆"中，比波王子越过重重障碍，千里迢迢来到大图书馆寻找那本关于他一生的书，本想了解自己的未来，却发现那本书上只有过去和现在，并没有未来。故事仿佛在告诉我们，每个人的人生就像一本书，如果我们在小时候就奋斗拼搏，这本书就是精彩的；反之，如果在小时候不努力，那么这本书就是空洞无聊的。为了使我们的人生之书精彩丰富，我们必须把握现在。

皮埃尔·格里帕里先生在《比波王子》中埋入了无数人生的隐喻，表面的历险故事之下说的是一个关于你、关于我、关于所有人的成长童话。虽然阅读时会有些伤脑筋，不过我们可以找个伴一起读，一边讨论一边思考，相信每个人都能够找到自己成长的影子。书中还藏着许多未解之谜，等着你和你的小伙伴去探索、去发现，赶快翻开下一页，和比波王子一起去完成你的人生成长之旅吧！

CONTENTS

目 录

01
说谎者的故事

现在，我开始讲故事喽。

从前有个喜欢说谎的小男孩，他喜欢说谎简直到了你们无法想象的地步！不论什么时候，不论什么事情，他都无缘无故地说谎。

有些小孩说谎是出于胆怯，为了掩盖他们干下的一件蠢事，为了免受惩罚；有些小孩说谎是出于懒惰，为了不做作业，为了少干一些活儿；有些小孩说谎是出于虚荣或者愚蠢，为了出风头，想引人注目……可是我们现在谈到的这个孩子却不是这么回事：他很用功，很勤劳，很勇敢，很谦虚。

如果他干了一件蠢事（任何人都会发生这种情况的），他会毫不犹豫地承担责任，从来不把错误推给别人……可是他就是这样平白无故地说谎，对他自己和其他人都没有任何好处。

这是他唯一的缺点，可又是非常非常严重的缺点，以致别人对他所说的话根本就无法相信。

有一天，他的母亲实在受不了，便带他到一位女医生那儿去，请她瞧瞧她儿子究竟是怎么回事。

这位女医生实际上是个仙女，她坐在一个雪白雪白的大房间里面，房间里放着各种各样的金属器械。她身穿一件工作衣，戴着一副玻璃架子的眼镜。在母亲介绍情况时，女医生一声不响地听着，随后问小男孩道："昨天你干什么了？"

"他去上学了。"母亲说。

"让他自己回答，"女医生说，"孩子，你告诉我，你在学校里干了些什么事？"

小男孩不假思索地回答说："女教师把我们带到月亮上去，我们钓到了一些月亮鱼！"

"这是不可能的！"母亲说。

"让他讲！"女医生说，"中午你在家里吃了些什么？"

"一块烧焦的木头和一根腐烂的骨头！"

"哪有这种事，您知道……"母亲说。

"让他讲，让他讲……那么下午呢，下午你干了些什么事？"

"下午他有一节图画课。"母亲轻声说。

"唉，请您让他讲嘛……那么，你画了什么？"

"我画了老师的屁股。图画老师走到黑板前面，他脱下裤子，把他的屁股对着我们，我们就把它画了下来。"

听到这样的话，母亲伤心极了；她一句话也不再说了。

女医生则摘下眼镜，用右手的手心轻轻地擦着自己的

眼睛。

"我看……"她终于说，"好吧，既然这样，我要送你一件礼物：从今天开始，你不会再说谎了。"

"永远不说吗？"

"永远不说！"

"一生都不说？"

"一生都不说！"

"如果我还想说谎呢？"

"即使你想说谎，你也不会再说谎了，"女医生接着说，"不管你说什么话，你说的话都将变成现实。所以，从今以后，我劝你在开口讲话以前要先好好想想！"

当天晚上，小男孩的母亲对他说："是上床睡觉的时候了，你知道吗？"

"我不敢去，妈妈；有一只狮子睡在我的床上。"

"唉，别说傻话了，你快去睡吧。"

小男孩是很听话的，他不声不响地走了。可是就在他要走进自己的房间时，他吓得站在门口愣住了：一只黄色的大狮子躺在床上望着他。一看到这幕景象，他回头就跑，跑到母亲那儿对她说："妈妈，我刚才没有讲真话：我床上没有狮子。"

"我知道没有嘛，亲爱的，去乖乖地睡吧，我就去和你道晚安。"

小男孩又回到自己的房间里。他有点怕再看到那只狮子，可是狮子已经不见了。

您一定会想，这件事是值得深思的。可是我们这位小朋友爱说谎的习惯，还是不能一下子就改掉。

一天早上醒来时，他对母亲说："你知不知道，妈妈？昨天晚上学校遭了火灾，全被烧光了！"

"别说蠢话了，"母亲说，"去梳洗吧。"

小男孩没有多说，去梳洗了一下，穿上衣服，吃过早餐，高高兴兴地去上学，甚至把刚才自己讲过的话也忘了。走到将近学校的拐角处，他闻到有一股烟火的味道。他马上又从原路折回，来到自己的家门口叫道："妈妈！妈妈！"

他的母亲出现在窗口边，说："什么事，亲爱的？你忘了什么东西吗？"

"妈妈，我刚才没有讲真话：学校没有烧掉！"

"我知道没有烧掉嘛，亲爱的。你赶快去吧，你要迟到了！"

小男孩又回去了。走到学校拐角时，他看到学校好端端地在那儿；雪白的墙壁，坚固而结实。烟火倒是有的，不过那是从广场中间一堆枯叶中升起来的。

从这件事以后，小男孩一连十天没有讲过一次谎话！可是到了第十一天——是一个礼拜天，他实在憋不住了：就在他母亲准备和他一起去看望外祖母时，他突然嚷道："妈妈，你不知道吗？外祖母死了！"

母亲顿时脸色煞白，气呼呼地说道："别说傻话！怎么会有这样的想法！"

他们默默地走出门去，穿过城市。来到外祖母家门口时，他们看到有一大群人围着，就像街上发生车祸时一样。有男人、女人，还有两三个警察。他们都在指手划脚地议论着什么事情。小男孩感到害怕了。

"妈妈，我刚才没有讲真话：外祖母没有死，她身体很好！"

"我知道她身体很好嘛，亲爱的！"母亲说，不过她也在哆嗦。

他们加紧步子向前走去。外祖母站在门口，身体非常健康，不过她在生气，面孔也红了！因为在一刻钟以前，有一个强盗拿着一把刀闯进了她的家……幸好外祖母很勇敢，她抓起一把火钳和强盗打了起来。她大喊大叫，邻居们听到后都赶来帮助她。强盗拔脚就逃，但已经太迟了：逃出一百米远就被抓住了。

总之，这件事圆满结束了。可是这个小男孩——他是非常爱他的外祖母的——从此以后他再也不说谎了，或者至少可以说，几乎再也不说谎了——有时候他偶尔再想撒个小谎时，他总要再三考虑，绝对不让他的话有损于任何人。

以上就是这个喜欢说谎的小男孩的故事。

可是你们一定会说，这不是比波王子的故事嘛！

当然不是。可是我之所以一开始要讲讲说谎者的故事，是因为我想让你们懂得一件事情：

一个像我这样的人在虚构故事的时候，有点儿像这个童话里的小男孩，是不能说谎的。即使他是在虚构，是在讲一些荒诞不经、绝不可能的事，他也是在讲真话——某种程度上的真话。

所以，我的小朋友，如果你们的大朋友因为你们喜爱童话而嘲笑你们，你们就让他们嘲笑去吧，用不着生气。很多从前的聪明人，现在已经很老了，胡子也很长了，可是他们也和你们现在一样喜爱童话，他们这种喜爱是理所当然的。

　　现在，如果你们愿意的话，你们可以画画了：可以画床上的狮子，可以画广场上燃烧着枯叶的学校，也可以画门前围着一大群人的外祖母的房子——可是这比较难画，因为还要画警察呢。

02

一个故事的故事

现在，我开始讲故事喽。

从前有一个故事，一个非常非常美丽的故事，可是这个故事从来也没有人写过，也没有人讲过，因为没有一个人知道这个故事。

你们一定会对我说这是不可能的；因为一个故事如果没有人知道就不能存在。原则上你们是对的，不过仅仅是原则上。我这个故事的情况有点儿特殊。

这个故事是这样产生的：

一天夜里，在一个旅店的房间里，皮埃尔先生在睡觉。这个故事就是他在睡觉的时候梦见的。这个故事在他的梦中构筑、完成。它时而是美丽的图画，时而是奇妙的事件和怪异的思想，这个故事以不同的形式在他面前来来往往。

它就像一部豪华巨片，皮埃尔先生是这部影片的导演、观众、演员，甚至还是作曲，因为这个故事也是一支长长的、美妙动听的乐曲。

"我一定不能醒，"皮埃尔先生心里想，"至少不能马上醒。我还要睡一会儿，让这个梦再三重复，一直到完美无缺的地步；到那时候，我就起身，把它记在一张纸上。"他继续睡觉，这个故事一遍、两遍、三遍地在他眼前展现；一次比一次生动，内容更丰富，更富有激情，更优美。

在这个故事到达完美的境地后，皮埃尔先生醒来了，他睁开眼睛后想道："我必须起来，至少我要把这个故事的要点记下来……"

可是被窝是暖烘烘的，房间是凉飕飕的，夜晚是黑洞洞的，而且，皮埃尔先生还有睡意。他一面看看挂钟一面想着："什么？只有五点钟？今天还是礼拜天？算了，我还要睡呢！至于那个故事，我要到起身以后再记下来，再等四五个小时……它不会飞走的！"

可是事实上它却飞走了。在中午前不久皮埃尔先生起身的时候，看不见的故事就在他头顶上空飞翔……可是他呢，他已经把这个故事忘了。

但是故事却在竭尽全力使他想起它；它在他四周打转，停在他的头上，给他发讯号……全都是白费力气。

这时故事又另外想出了个主意：皮埃尔先生正要去盥洗室梳洗，它便停在他的肩膀上（它轻得没有分量），开始对着他的耳朵说："皮埃尔先生，记住你的梦！我是故事，你梦中见到的那个故事！把我讲出来，我求你了！皮埃尔先生，

皮埃尔先生，记住你的梦吧！把你的梦讲出来，记下来！我是你要写的美丽的故事！记住我吧，把我讲出来吧，把我写下来吧，我就是故事，我就是你的梦……"

就这样说个没完。

在开始的三分钟里面，皮埃尔先生什么也没有听见。突然他站住了，右手拿着牙刷，左手拿着漱口杯，满口都是白色的泡沫。

"咦，"他想，"昨天晚上我没有做过梦吗？"

"做过的，做过的！"故事踩着他的肩膀说。

"我好像是做过的，"皮埃尔先生接着说，"我梦见了一个故事！"

"是的，是的！"

"这个故事，我原来想立刻记下来的，但是后来因为我懒得动……"

"是的，是的！"

"我这样做错了，我当时无论如何应该起来的；因为我把这个故事忘记了……嗯，这个故事讲的是什么事情？"

"讲一个国王！"

"不是讲一棵树吗？"

"不，不，讲一个国王！"

"或者是讲一个邮局里的职员？"

"一个国王，一个国王，一个国王！"

"或者是一斤软干酪？"

"一个国王，我对你说，讲的是一个国王！"

"要不讲的是第二十八中央检查局巴黎第十三区直接税

税务检查员吧……"

"不是的！"失望至极的故事说。

"唉，算了吧！"皮埃尔先生说，"如果故事真的很美，我会记住的！如果我忘了，那就是说它并不太美！"

"不，不，我是非常美丽的！"故事竭尽全力地叫道。

可是皮埃尔先生，唉，他精神头十足，根本听不到它的话。

所以就这样，一个故事来到世界上，没有人讲过，也没有人写过，因此也没有一个人知道。

故事看到皮埃尔先生不再想到它了，看到他走来走去不再关心它，就像它从来没有存在过一样，不由得气得脸也红了。

"噢，原来是这样！"它说，"我自己的父亲不承认我！好吧，既然如此，我就到别处去想办法！"

趁窗子开着，它飞出去了。

它久久地在巴黎的街上徘徊，想留住行人，让他们看到自己；它对他们讲话，拉住他们……可是行人们什么也没有发现。他们看不见它，因为它是看不见的；他们听不见它的话，因为它的话是听不见的。在它停留在他们身上时，他们毫无感觉，因为它是没有重量的。

故事终于懂得它仅仅存在于梦中。

"我一定得找到一个在睡觉的人，"它想，"他将会听到我的话。"

它走出巴黎，在郊区一个小园子里，看到一个神父坐在躺椅上打瞌睡，膝盖上放着他的日课经。

"神父先生，请讲讲我吧！"它说。

"嗯？"神父说，可是他没有醒。

"神父先生，我是一个美丽的，非常美丽的故事！请讲讲我吧，您的心眼真好！"

"一个故事？什么故事？"神父在睡梦中说。

这时故事已经等得不耐烦了，它开始讲述自己。它刚刚讲完，神父便撇了撇嘴说："整个故事都很美丽，可是请告诉我：你怎么没有谈到天主？"

"为什么我要谈到天主呢？"

"为什么？可是，天呀，总得谈到天主嘛！"

"坦率地说，我看不出有什么必要……"

"这样的话，我对你没有兴趣。晚安。"

"再见……"

故事走了，神父还是睡在那儿。

过了几个小时，午餐以后，故事穿过客厅的一扇窗进入了一座小别墅。一个年轻的新闻记者坐在扶手椅里打盹，一杯咖啡正在他身旁一张小桌子上逐渐冷却。

"记者先生，我是一个失去了父亲的美丽的故事！请讲讲我吧，把我写下来吧，您是不会后悔的！"

"你是什么类型的故事啊？"新闻记者迷迷糊糊地问。

"请听我讲！"

故事第二次又把自己讲述了一遍。它刚刚讲完，新闻记者带着厌烦的神态说："就这些？那么还有社会主义呢？还有革命呢？还有机构改革呢？"

"可是……我跟这些毫无关系！"

"这是你一个重大的错误，"新闻记者说，"你要设法谈到这些事情，你会看到你将变得更加美丽！"

　　"我一点也不相信！"故事生气地说，"恰恰相反，如果我谈到了这些事情，我就不会像现在这么美丽了！而且重要的是，我就是我！如果您不喜欢这样，那就再见！"

　　"好吧，再见。"新闻记者轻轻地打着鼾说。

　　一连几天、几个星期，可怜的故事徒然地寻找着愿意讲它或者写它的人。可是没有一个人愿意按照本来面目接受它。有些人觉得它太这个，不够那个；另一些人则相反，埋怨它太那个，不够这个。每一个人都想用自己的方式来美化它，想改变它的本来面目。

　　几个月以后，可怜的美丽的故事已经面目全非了，它变得消瘦、苍白、衣服破破烂烂，几乎快死了。因为你们要知道，一个没有人讲的故事，一个被遗忘的故事很快便会日渐萎蔫，直至衰竭死亡。这个可怜的到处受到蔑视的故事，当它看到自己即将消亡时，决定还是回到自己的父亲家里去。

它聚集起最后的力量，在一个春天的晚上，又回到去年秋天离开的那个房间。皮埃尔先生来了，他脱下衣服，躺到床上，看了一会儿书，熄灯以后睡觉了。

他刚刚入睡，故事便像一个可怜的、病恹恹的、精疲力竭的小姑娘一样出现在他眼前。

"你是谁？"他问。

"是我，是故事，是你去年梦见的、后来忘了记下来的那个美丽的故事！"

"你又来了？真是太巧了！那么，现在你就讲吧！"

"我不能讲，我饿极了！"

"如果你饿，就吃我的肉，讲吧。"

"我不能讲，我渴极了！"

"如果你渴，就喝我的血，讲吧。"

"我不能讲，我冷极了！"

"如果你冷，就躺在我身旁睡吧。"

于是，故事便躺在皮埃尔先生旁边吃、喝、取暖。第二天早晨，它又恢复了原来的面貌，甚至比从前更加美丽。

这一次，你们一定能想象得到，皮埃尔先生不再躺在床上拖延时间了！他一睁开眼睛，便一下子跳了起来，拿起他的圆珠笔和几张纸，开始写了起来，他写啊写啊……

这个故事的故事便这样结束了。

你们又要对我说这不是比波的故事。不，这正是比波的故事！这个被遗弃的、失而复得的、差一点没有被写下来的故事，就是比波王子的故事，就是比波和他的马，还有波比公主的故事。我现在要讲的就是这个故事。

现在如果你们愿意的话，你们可以把皮埃尔先生画下来：他在刷牙，美丽的故事（一个长翅膀的小姑娘）站在他肩膀上在他的耳边说悄悄话。或者你们也可以把那位坐在躺椅上打瞌睡的神父先生画下来。或者……不过总而言之，我不想对你们提什么建议，你们已经很大了，可以自己选择了。

现在，我真的开始讲了。

03
睡梦中的旅行

国王很忧伤，可是他是很善良、很富有、很有权势的；他的妻子王后同样也是很善良、很富有、很有权势的。他们两人相亲相爱，臣民们也很爱戴他们。他们的王国繁荣昌盛、和平幸福；他们生活在一个大花园中间的一座富丽堂皇的城堡里面……可是尽管如此，国王还是很忧伤：因为他没有儿子继承他的王位。

这天早上，他们在宫殿的餐厅里用早餐时，王后对国王说："您为什么如此忧伤，我的朋友？"

"因为我没有儿子，夫人。"国王说。

"您是不是去问问主教？"

"嗨，这倒是个好主意！"

离开饭桌以后，国王便去了主教那里。

“主教先生，我想要一个儿子。”

“陛下，”主教回答说，“我可以为您祈祷；可是要给您一个儿子，我却无法办到。”

就在这天中午，他们在宫殿的餐厅里用午餐时，王后对国王说：“您为什么如此忧伤，我的朋友？”

“因为，”国王说，“我想要一个儿子。”

“您是不是去问问宫廷医生？”

“嗨，这倒是个好主意！”

喝过咖啡以后，国王传唤宫廷医生来问：“大夫先生，我想要一个儿子。”

医生回答说：“别再抽烟，别再喝酒，吃得清淡一些。”

“您以为这样我就会有儿子了吗？”

“不，”医生说，“可是您可以长寿。”

“这对我是不够的，我需要一个儿子！”

“陛下，”医生说，“我可以在您生病时为您医治；可是要给您一个儿子，我却无法办到。”

当天晚上用晚餐时，王后对国王说：“您为什么如此忧伤，我的朋友？”

“因为……”国王又开始说。

可是王后打断他的话说：“啊，是啊，我想起来了！请告诉我，我的朋友：您为什么不去问问梦中国的水边大女巫呢？”

“嗨，这倒是个好主意！”国王说。

晚餐吃完以后，他乘上车子，对司机说：“去睡眠车站！”

到车站后，他来到一个售票的窗口说：“我要一张到梦中国的来回票。"

"马上给，陛下。"

售票员把票子给了他，他让售票员在票子上打了个洞。

"请问在哪个站台上车？"

车站职员回答他说："第22号站台，一刻钟以后开车。"

国王奔到22号站台，他在那儿看到的是什么啊？他看到的不是一列火车，而是一张安放在铁轨上的大床，当然是一张有轮子的真正的床，有床绷、床垫、长枕、短枕、床单和被子。国王不知道如何办才好，他目瞪口呆地站在那儿；幸好这时来了一个检票员："请把您的票子拿出来，陛下……谢谢。现在请您宽衣。"

国王把他全身的衣服都脱了下来，交给检票员；他只留下了他的王冠。随后，他从枕头下面拿出一件睡衣穿在身上，乖乖地躺了下去。检票员过来对他说："现在，陛下，请睡吧。等陛下睡着以后，这张有轮子的床便会开始在铁轨上滑行了。"

国王闭上眼睛，他觉得这张床似乎已经开始晃动了。他睁开一只眼睛看看：床没有动。

"睡吧！"检票员说。

国王又闭上眼睛，听其自然吧。这一次毫无疑问：床在向后滑动……他很想看看床是如何行驶的，又睁开了另一只眼睛……

"睡吧！睡吧！"检票员重复着说。

国王第三次闭上了眼睛。他终于困了，床上很舒适、很温暖。国王感到自己的身子非常非常沉重。他摊手摊脚地像一只油煎鸡蛋饼似的躺着……他甚至不再知道自己是国王，他甚至不再知道自己是人，也不知道人是什么。他就这样动身了，不知道他是在向后还是向前，也不知道他是在上升还是下坠……他是如此幸福，以致连眼睛也不再想睁开了。床开始启程了。

它开始时滑动得很慢，后来越来越快，不过非常平稳，感觉不到有一点点震动。出了车站以后，它穿过了一条隧道，随后来到一片原野之中；那是一个晴朗的夏夜，皓月当空，满天星斗。铁轨在他下面吟唱，并混杂着蟋蟀的鸣叫。不久以后就出现了起伏的群山。床时而上升，时而下降，再上升，再下降；但每次上升都要比上一次高，每次下降都不会比上一次低；最后来到了一座非常非常高的高山的山顶上。这座山的尽头是一个悬崖，那是一个突出在海上的巨大峭壁。床驶到了峭壁的边缘，毫不减速，一直冲进了寥廓的天空……

铁轨停止了吟唱。国王在安静得出奇的太空中、星斗间、大洋上飞翔。（如果你们愿意，你们可以画下这张在海洋上、月亮下翱翔的床，床上躺着睡熟的、头上戴着王冠的国王。）这张床就这样飞行了很久很久，后来慢慢地降落，一直到与水面相平，擦到了浪尖，最后落到了波涛之上。国王始终睡在床上，就像睡在一只在大海上荡漾的小船上。

整整一个夜晚，这只小船被风推着向前行驶；直到晨曦初露，国王才睁开眼睛：他的床在沙滩上搁浅了。

"我大概抵达目的地了。"国王心里在想。

国王伸了个懒腰，起身了；随后他赤着脚向一道岩壁走去，岩壁上有一个洞，洞口坐着一个鸡皮鹤发的老太婆。当

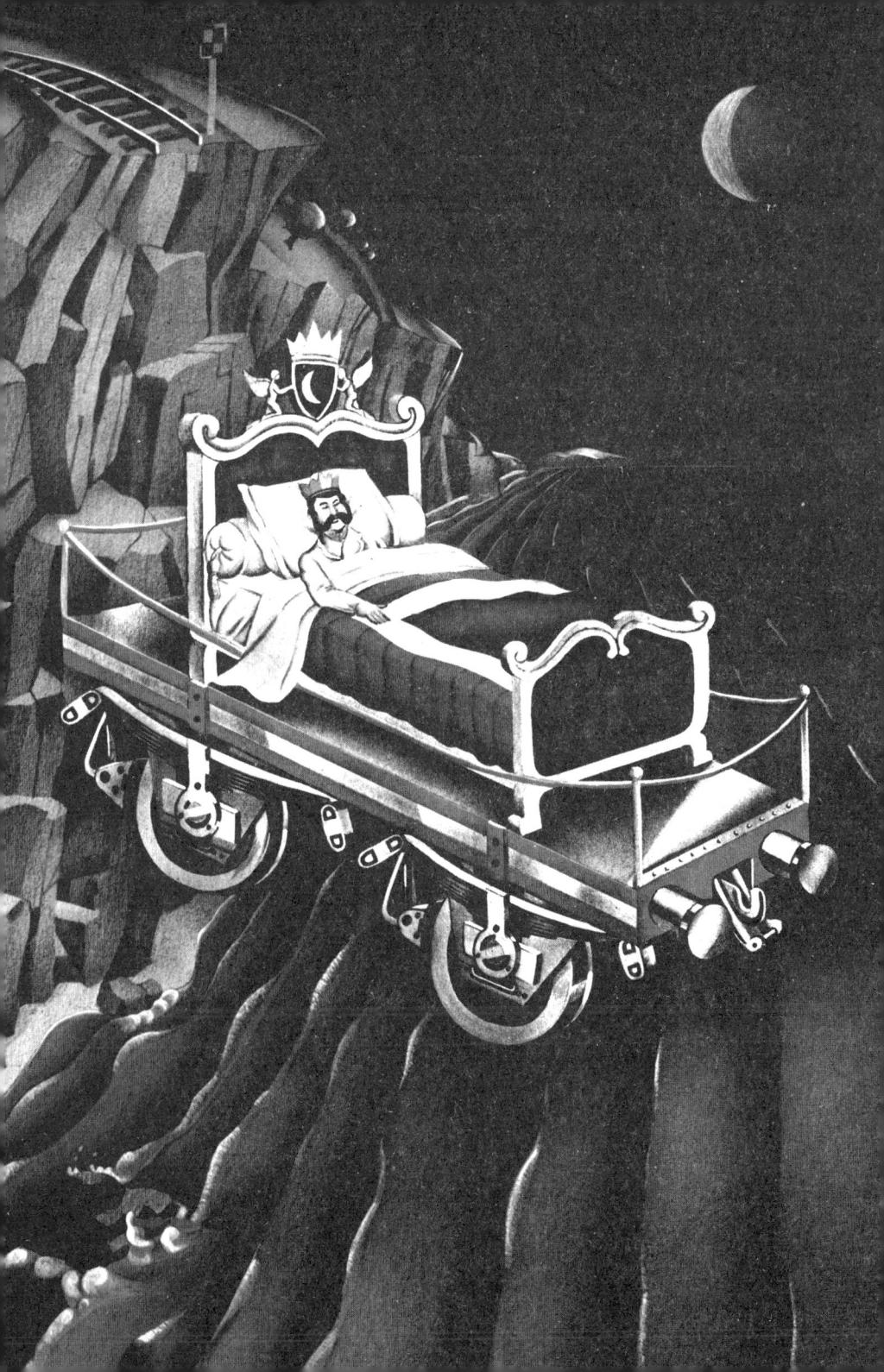

他来到她面前时，她声音颤悠悠地说："你好，陛下。一路上可好？"

可是讲到这儿我要打住了，因为国王要到下一章才回答。

04
孩子商店

"很好,"国王回答说,"谢谢,我想您是水边大女巫吧？"

"当然啰,我就是！"

"那么,"国王说,"我有幸……"

他向她深深地鞠了一个躬。这时候老太婆站起来,拍拍身上的连衣裙。

"现在,跟我来。"她说。

国王圆睁双眼瞅着她："可是……您还不知道我要什么呢？"

"我当然知道。你要一个小王子,在你去世以后可以接替你的位子。我是不是搞错了？"

"不,是这么回事。"国王说。

"那么,来吧。"

于是国王跟着老太婆走进了洞里。他们首先穿过了一个阴暗的长廊，长廊里到处都是藻类、贝壳、水洼，还有一只只看到他们前来便慌慌张张逃到岩洞里躲藏起来的小蟹。

走廊越往前面越宽大，发出一片粉红色的光芒，最后他们来到了一个硕大无朋的大厅里面，大厅里挤满了穿着五花八门服饰的各个国家的人。在这个大厅四周的珊瑚墙壁上嵌有一个个小壁龛，每个壁龛里有一个婴儿；都是一个个活生生的真婴儿，有几个壁龛里有两个或者三四个婴儿。每个婴儿的脖子上都套着一根链子，链子上挂着一块写着他名字的金牌。

国王看着这一切，弄不明白这是怎么回事。他问这个好心的女巫说："喂，我们这是在什么地方？"

"这儿是投胎婴儿大商店。"她说，"未来的父母都是到这儿来挑选他们的孩子的。"

"真是太妙了！"国王说，"我呢，我也可以挑选吗？"

老太婆笑了起来，说："尽管挑选……不过，我要预先告诉你一件事情：孩子也将挑选你。如果他不要你做他的父亲，你要到明年才可以来作第二次挑选！所以，我建议你要好好考虑考虑！"

"噢！好，好，好……"国王轻轻地应着，一面在想着心事。

他在大厅里兜了一圈，看到有各种肤色的孩子：黑的、白的、黄的。有些孩子很孱弱、病容满面；有些孩子很漂亮，甚至非常漂亮，可是神态不好——有的凶狠，有的懒散，有的痴呆。国王看着，犹豫着，从这一个看到那一个，重新又走回来……在走到大厅中央时，他看到某个壁龛前有一长列人排着队。

他问一直跟在身边的老太婆："这么许多人，他们在等什么呀？"

女巫回答说："这些人和你一样，他们也想要一个孩子。"

"为什么他们站在同一个壁龛前面？"

"因为他们全都想要这个比波做自己的儿子。"

国王看看在壁龛里的笑眯眯的孩子。果然，这个孩子脖子上的牌子写着"比波"这个名字。

"他有什么与众不同的地方，比波？"

"现在还没有。"老太婆说，"可是等他将来出生以后，他将非常勇敢、诚实、善良。他将做出一些很了不起的事情来，会经历很多稀奇古怪的事情。此外，他还将具有一种能力：他的任何愿望都会实现。"

听到这些话，国王跳起来嚷道："我要的就是他！"

"如果你愿意，"老太婆说，"你可以试试运气，可是你要当心！比波是不太好说话的！他已经拒绝了一百来个想做他父亲的人了！如果他也拒绝你，你今年就不会再有孩子了！"

"管他呢，"国王回答说，"要么是他，要么谁也不要！"

于是他也排入了等待的队伍。队伍缓慢地行进着；未来的父亲一个接一个地停在比波的前面，爱抚他，恳求他，设法打动他。比波向他们提几个问题，随后摇摇头说："不，我不要你，你去吧。"

国王心里想：但愿他不要在轮到我以前接受别人！

他焦急万分，可是比波还是不慌不忙地把所有的人一个个打发走了。快要轮到国王了，他感到有希望，可是又非常害怕。如果比波也拒绝他呢？在他前面只剩下五个人了，只剩四个了，只剩两个了……

这时轮到一个富农，他问比波："你想做我的儿子吗？我有钱，有土地……"

比波打断他的话说："在我满十五岁的时候，你将给我什么东西？"

"我将给你三块阳光充足的葡萄地。"

可是比波撇了撇嘴说："不，我不要你，你走吧。"

现在国王前面只剩下一个人了：那是一个有钱的资产者，穿得很好，很干净。他问比波："你愿意做我的儿子吗？我有三爿厂，两座剧场，六家报社，七个小政党，两家银行……"

可是比波插嘴说："在我满十五岁的时候，你将给我什么东西？"

"一辆豪华的汽车！"

比波哈哈大笑。但愿他别接受这个资产者！幸好比波还是回答说："不，我不要你，你去吧！"

这个腰缠万贯的资产者怒气冲冲地走了。现在轮到国王了。他几乎不敢开口讲话，他结结巴巴地说："你要我吗，比波？我非常喜欢你！我的妻子是那么善良！我们将非常爱你，你将来要成为一个很大的王国的国王……"

"在我满十五岁的时候，你将给我什么东西？"

国王的脸色顿时发白。他应该预料到比波将向他提出同样的问题，可是他竟没有想到！他不知道如何说才好，他不知道如何回答，他以为自己快疯了！排在后面的人都在冷笑。他终于喘了一口气，不顾一切地把来到嘴边的话说了出来："我将给你……一匹小红马！"

比波的脸上显出了光彩，他问："一匹小红马？真的吗？"

"真的，一匹小红马！"国王断然回答说。

"我可以骑在它背上和它一起玩？"

"是的，是的，骑在它的背上！"

"和它一起像朋友一般地散步？"

"是的，像朋友一样，是的！"

"这样的话，"比波说，"你就做我的父亲吧！"

"谢谢，比波，谢谢！"

国王高兴得哭了，刚才排在他后面的人低声埋怨着散开走掉了。

"你运气真好！"女巫说。

"我可以马上把他带走吗？"国王兴奋地问道。

"没这必要，我会把他给你送去。你会在早晨醒来时看到他。"

她刚讲完，一切都消失了。

国王又看到自己正躺在城堡房间里的床上。一个用人俯身在叫他："陛下！陛下！您起来吧。"

"嗯，什么？发生什么事了？"

"起来吧，陛下！您有一个儿子了！"

国王一跳便起了床，披上晨衣跑到王后的房间里去。

在王后身旁的一只摇篮里睡着一个婴儿；国王一眼便认

出了他，说："你好，比波王子！"

　　孩子睁开眼睛，但是他没有回答。自他来到人世以后，他把过去的一切都忘记了，他甚至连话也不会说了，必须从头学起……"

　　现在你们可以画了……是啊，你们喜欢画什么就画什么吧！

05
小红马比波

　　时间一年年过去，比波王子长大了。他长得非常非常快，他学习得更快，因为女巫没有说谎：他所有的愿望都会实现。这是一种神奇的能力呢？还是只不过他比别人更加有毅力，更加用功，更加聪慧？他什么都想学。他想在跑、跳、游泳方面胜过他的伙伴们，他达到了目的。他想玩乐器、制作模型、画图，他都学会了。他想懂得地理、历史、数学和所有其他的科学，他都懂得了。他想讲五六种语言，他会讲了。他想知道如何造房子、造船、修理机器，他都会了。总之，他懂得一切，因为他对任何事情都感兴趣。有时候，甚至他的父母都感到吃惊："别这样用功，比波，稍许休息一会！"

　　可是比波回答他们说："我不累。"

　　因为工作不能使他劳累。他在更换工作中得到休息，什么都不干反而使他烦闷……而且，他很会安排时间，这种更换工作的办法对他来说是很成功的，国王和王后对他很有信心。

比波就这样长大到十五岁。在他十五岁生日那一天，整个王国都举行了庆祝活动。大家都送他礼物，带他上剧院；大家唱啊、笑啊、跳啊，这一天结束的时候还有一场盛大的晚宴活动。

在上餐后点心的时候，太阳已经下山了；这时比波王子突然从餐桌前站了起来，他母亲问他："你怎么了，我的孩子？你的脸色多苍白啊！"

"我不知道，"比波说，"我觉得不太舒服。"

这样的事情大家还是第一次听到。宫廷里所有的人都静了下来。

"唔！"国王说，"这没有关系，稍许有点消化不良吧。你去睡吧，明天会好一些的。"

可是第二天情况并不见好。比波王子身体很虚弱，有热度，没有胃口，吃不下东西。

国王把宫廷医生叫到他的身边："他怎么了，大夫？"

医生回答说："比波王子的病是由于一个没有遵守的诺言引起的。"

"什么诺言？关于什么事情？是谁许下的诺言？"

"这些事情我一无所知，"医生说，"这要由陛下去找原因。"

国王问他的儿子："比波，你想要什么东西？"

"不，"比波说，"我什么也不想要。"

"是不是这儿有人答应过要给你什么东西？"

"不，"比波说，"我相信没有。"

国王继续问："喂，好好想想：有一个人，我不知道是谁，曾经答应过要给你什么东西而没有给你。"

"这有可能，"比波说，"可是我记不起了。让我一个人呆一会儿，好不好？我太累了……"

父亲非常失望，走出房间，把自己关在工作室里，哭了起来。五分钟以后，有人敲门。

"什么事？"国王高声说。

"是王室马厩的饲马员。"

"我忙着呢！"

"可是事情很紧急！"

"这跟我无关！"

"可是这件事一定要报告。"

"那好吧，进来。不过讲话要简短些！"

饲马员走进工作室，他是一个老农，背也驼了，有些畏畏缩缩。国王立即问他："你有什么事？"

"陛下，白母马下了一匹红色的小马驹。"

"这种事情还要来告诉我干什么？"国王叫道，他生气了。

饲马员低着头出去。他刚出去国王便叫住他："等等！你刚才说什么？"

"陛下，白母马下了一匹红色的小马驹。"

"什么颜色，小马驹是红色的吗？"

饲马员心想国王不会是疯了吧。他哆哆嗦嗦地回答说："红色的，陛下。"

这时候国王明白了。是他自己在孩子商店里答应过要给比波一匹小红马的。就因为他已经忘记了这个诺言，他的儿子才生了这场大病。国王拉拉自己的头发，他一想到这件事，不由得懊恼万分，他觉得自己蠢极了！他对饲马员说："把小马驹牵到院子里比波王子的窗口下面。马上就牵来，你听到我的话了吗？一秒钟也别耽误！"

"好，陛下，我马上就办！"

饲马员奔出去了。国王也飞快地跑向小病人的房间。王子在睡觉，面色苍白；王后和医生坐在床边。

"比波，我的儿子，起来！"国王冲进房间时叫道。

"嘘！"王后要他讲话轻一些。

"孩子在休息！"医生也悄悄地说。

可是国王不听他们的。他叫醒了小王子说："起来，比波。到窗口去看看。有一件意料不到的礼物给你，一件非常漂亮的礼物！"

"可是孩子要着凉的！"王后叫道，她吓坏了。

"王后说得对，陛下，"医生说，"这会引起各种并发症的……"

可是国王连话也不让他讲完便抢着说："决不会有什么并发症！我，我来医治他，不能再拖延时间了！"

他扶着比波王子一直走到窗子前面。"现在向院子里看看。你看到什么啦？"

院子中央站着饲马员，饲马员旁边有一匹小红马，那是一匹非常非常小的、颜色鲜红的小马驹，小马驹的头圆圆的，很大；细细的腿特别长，在微微发抖……看到这匹小马驹，

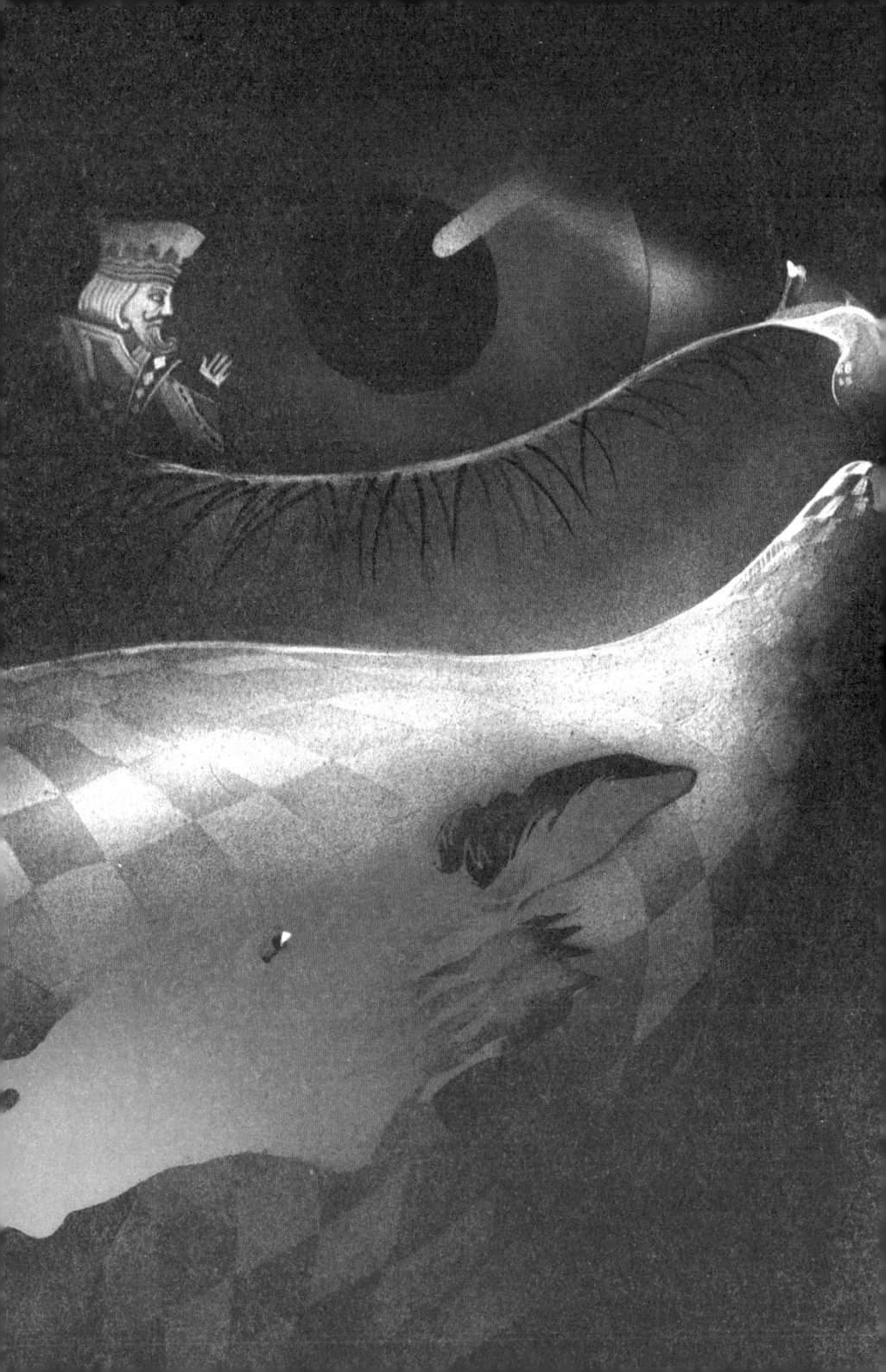

比波王子高兴得脸也红了。他问他的父亲说："是给我的吗？"

"是的，我的儿子！"

"让我骑在它的背上和它一起玩，是吗？"

"是的，是的，骑在它的背上！"

"让我和它像朋友一样一起散步，是吗？"

"是的，像朋友一样，是的！"

"谢谢，爸爸，谢谢！"

比波拥抱他的父亲，他的父亲高兴得哭了。随后比波又一次望了望窗子下面，说："它也叫比波，像我一样。"

接着，他的病便霍然痊愈了；他大声宣称："我饿了！"

人们马上就把他爱吃的东西全都拿来了。他吃着、喝着，随后睡觉……第二天早晨他醒来时已经完全是个健康的人了。

如果我是你们（不过我决不强求任何人），我就会把这匹颜色鲜红的小马驹画下来，饲马员牵着它的缰绳和它一起站在院子中央；比波王子在窗口看着。

06
相互训练

比波王子身体刚好，便关心起他的新朋友小红马了。他学着饲养它，照顾它，让它慢慢养成听从驾驭的习惯。所有这一切经过了一年的时间。一年以后，小红马比波已到了壮年；而比波王子自己还是一个非常年轻的小伙子。

一天早上，比波王子起身时说："今天我要学骑马。"

他到马厩里去找小红马比波，把它牵到花园里，骑到它的背上。

可是小红马比波不喜欢他这样做。它一个尥蹶子便把年轻的主人摔到了地上。

比波王子站起来又重新开始。

小红马又把他摔到地上；一次、两次……十次，可是王子很有耐心，每次摔下来，他就再爬起来，再骑上去；每次

他再骑上去时，总比上一次
要骑得更稳当一些，到中午
时，他已经能骑着小红马回家
吃饭了。

在饭桌上，他的父亲问
他："比波，今天上午你干什
么来着？"

"今天上午，我教我的马怎样被人骑！"

就在这时候，小红马的母亲白母马在马厩里问它的儿子：
"今天上午你干什么来着，我的儿子？"

小红马比波一面嚼着干草，一面心不在焉地回答说："我
在教小王子骑马。"

（我忘了告诉你们，在这个国家里，马儿是会讲话的。
可是它们极少讲话，而且只有在它们肯定没有人在听的时候
才讲话。）

第二天早上，比波王子起身时说："今天，我要让我的
马听从我的命令。"

他到马厩里去找小红马比波，把它牵到花园里；在那
儿，他驱使它来、去、停、再起步、前进、后退、向左转、
向右转……

这些事情不是进展得很顺利！马儿在开始时只愿意由着
自己的性子干：要它走它却跑，要它小跑它却慢走，要它前
进它却后退，要它停住它却前进，要它拐弯它却停住……有
一两次它又想把王子摔到地上……可是比波很顽强，他不知
疲倦地一次又一次地训练小马；不到中午，他只需动动手指

或是使个眼色，小红马便听从他的指挥了。

在吃午饭的时候，他父亲问他："比波，今天上午你干什么来着？"

"今天上午，"王子说，"我教我的马怎样听人驾驭！"

就在这时候，白母马在马厩里问它的儿子："今天上午你干什么来着，我的儿子？"

小红马比波骄傲地回答说："今天上午我在教我的主人怎样驾驭一匹马。"

第三天，比波王子在起身时心里想道："今天上午，我要成为一个完美的骑士！"

他去找小红马，骑在它的背上，这一次他策马穿过树林和灌木丛，跳过树篱、壕沟、小溪、被斫倒的树干……

这天上午可真是够呛，因为小红马比波并不是始终听从指挥的。有时候它有点儿怕，掉转头直立起来；有时候它像疯了似的蹿进低矮的树丛里。有一次它还把它的骑士扔进了河里。可是比波王子比任何时候都要顽强。他浑身都是擦伤，湿淋淋地从水里爬上来，可是他始终不服输。到了中午，他已经可以随心所欲地驾驭他的坐骑了。他回到宫里，换掉衣服，坐到饭桌前。他的父亲问他："比波，今天上午你干什么来着？"

"今天上午，"他回答说，"我把一匹马应该会做的全教给它了。"

就在这时候，白母马在马厩里问它的儿子："今天上午你干什么来着，我的儿子？"

小红马比波用蹄子踩踩土，得意洋洋地说："今天上午，我把王子变成了一个配得上我的骑士！"

第四天……不不，第四天的事情我们到下一章再说。

这一次，如果要画，我想你们可以选择的画面有很多！

07
跃过火山

第四天，比波王子起身了；这一次，他什么也没有说。他洗漱好穿上衣服，用过早餐以后，去找他的母亲："妈妈，我要和我的小红马比波一起从花园里出去走走。"

"如果你愿意你就出去好啦，"王后回答说，"可是别忘记两件事情：中午以前回来，尤其别靠近火山。"

"谢谢，妈妈，一言为定！"

比波王子走了，他到马厩里去寻找小红马，他备上马鞍，骑了上去，随后跃过花园的栅栏，来到了田野上。

开始时王子骑马来到农田之间。农民们在收割庄稼，他们很熟悉比波王子，高高兴兴地向他行礼。妇女们向他做着手势，把他指给她们的孩子看："你看到这个骑士了吗？他是我们国王的孩子！"

孩子们用羡慕的眼光看着这个在骑马散步的漂亮的小伙子。

比波向他们回礼，可是他没有停住步子。现在他又来到了绿色的草地和果园之间……随后他突然在大路的拐角处，看到正前方的远方天际处有一座圆顶的高山，山顶上有一大团蘑菇状的黑烟：这是火山。

这时候他想起了母亲刚才对他说的话。他改变方向，向右面第一条路走去；可是五分钟以后，他看到火山还是在他面前。于是他又折向左面第一条路，他又走了三公里……发现他还是在向火山方向走去。看到这样的情况，他转过马头向后走去……还是白费力气！火山又一次出现在他的面前，比刚才还要近。

"这算是什么意思？"比波不安地想着，"好像所有的道路都通向这座火山！"

他想穿过农田，可是他知道，这样做会踩坏庄稼，而他是很尊重他人劳动的。他考虑片刻，随后耸耸肩说："嗯，火山还远着呢！我不会这么快到那儿的！"

于是他不再想这件事了，听任小红马比波驮着他往前走去。小红马以平常的步子把他带到了一大块荒凉的长着一片浅草的平原上，那儿没有树木，没有房子。到了那儿，小红马很兴奋：它昂起头来，嗅嗅凉爽的清风，随后开始小跑起来，这是一种有节奏的小跑，逐渐加快，最后变成了快跑，带走了骑在它背上的心旷神怡的王子。可是在这样奔跑了半个小时以后，原来敲击在坚实的土地上的清脆响亮的马蹄声变成了劈劈啪啪的溅水声。比波王子往下面一看：地上全是泥浆，

还有在阳光下闪闪发光的大水洼。同时，他发现火山锥的面积大了两倍，耸出在云雾之上。

"吁！"他叫道，"吁！"

可是小红马不再听他的了，它不断地狂奔，在水洼地里涉水而过，踩得稀泥飞溅，污水向四处喷射。王子还是成功地把马引向了右面一个大森林。小红马向森林里猛冲，它毫不减速，始终在狂奔，钻进林中灌木丛，越过溪流，跳过枯死的树木，一阵风似的穿过了五六块林中空地……比波王子这时却已安下心来了：他已经完全沉浸在奔跑的乐趣之中了。他驱使他的骏马冲上了一条地势不断升高的山路……

一群在山坡上劳动的樵夫停止干活；在王子经过时，他们挥舞着双臂大喊大叫，好像他们感到了害怕。比波不懂他们在叫些什么，只不过引起了他的注意。这条路始终在升高，蜿蜒曲折，盘旋而上。道路变窄了，地上的小石子越来越多，越来越险峻了。小红马已经难以保持原来的速度了；它跑得越来越慢了……这时候森林里的光线越来越亮，树木变少，而且都是些扭曲矮小的小树，再后来连这些小树也没有了，比波的面前只剩下了二十来米的岩石，再过去就什么也没有了，除了一片凶猛地冲向天空的烟火；比波来到了火山的顶端。

"停！"他叫道。

可是小红马不听他的，它全速向火海冲去。

"停！"比波又叫道。

小红马来到深渊的边沿，用出它最后的力气，跳上一块巨石站停了，四条腿并拢站在火山口的边缘。

这时它的两条后腿直立起来，前蹄在炽热的空气中拍打……

"你要去哪儿？"比波王子叫道。

"抓住我！"小红马比波叫道。

比波王子甚至来不及对小红马开口讲话这件事感到惊讶，他胯下的坐骑已经冲进了火山口。骑士紧紧地抓住小红马的鬃毛，闭上眼睛，身子前倾，就像他想进入这头牲畜的身子里面去似的。他准备面临任何险境：陷入白炽黏稠的像海洋般的岩浆里，或者像一个雪球撞在滚烫的岩石上那样被粉碎、被熔化，或者是他自己在这种灼热的空气中燃烧起来，随后像一根火柴一般燃成焦炭……

可是不，完全不是这么回事：比波没有被撞得粉碎，比波没有燃烧，比波甚至没有摔下去；相反他觉得仿佛在上升，他的眼睛闭着，拳头紧握；一股热气托着他，他的小红马和他一起飞升，翱翔了很久很久。随后，温度不再上升，反而下降了；又过了一会儿，比波王子稍许觉得有点儿眩晕；他发现他在往下掉，不过这不能算是一种真正的坠落，而是一种长时间的滑行，一种缓慢的下降，一直到碰到地面。小红马的四条腿首先落到了地面上，比波摔下马鞍，跌到地上，在草地上滚了几下，听任自己迷迷糊糊地躺在那儿达一分钟之久。

他终于睁开了眼睛。他看见的第一件东西就是小红马比波的大脑袋，它正用鼻孔喷射出来的温暖的气息轻轻地吹他的脸。比波王子对它说："比波，你原来是会讲话的，是吗？"

小红马回过头去，装作没有听到。王子想再追问下去，说：

“比波！看着我的脸！”

可是小红马喷了喷鼻息，摇摇脑袋，晃晃嘴唇。

“为什么你装作听不懂？”王子感到很失望，问道。

还是白说了。小红马低下脑袋，嗅了嗅一丛草，用牙齿把草拔了出来，啃啮着……比波站起来，擦擦汗，向四周望望：他正站在一个沼泽附近的麦田中间，离他父亲的城堡只有几公里路。远处天际，火山还在冒烟。农民们驾着他们装得满满的大车回家去了，田野里的人走光了，太阳马上就要下山了。

“我们怎么会坠落在这儿的？”比波心里想，“时间怎么一下子便这么晚了？”

随后他耸耸肩膀，再骑上马，抓紧时间向宫殿方向跑去。

08

矮子和女巫

我们的比波就这样走上了回家的道路。他很高兴能够回家，至少他是应该高兴的……可是他越往前走，越觉得心中有一种莫名的悲哀，就好像他离他所爱的一切越来越远了。

他熟悉这个国家的每一条路、每一座房子、每一块石头……可是，现在一切都变了，变得那么阴暗、险恶。今天早上还显得那么富饶的田野现在是那么贫瘠，变成了布满碎石的不毛之地。有几块田甚至变成了长满杂草野花的荒地。

途中，比波王子超过了一群正在向前走去的农民。这些人和他早上遇到的那些高高兴兴向他问好的幸福的收割者迥然不同；他们一个个都面黄肌瘦、蓬头垢面，皮包骨头的妇女牵拉着衣衫褴褛的孩子。所有这些人都偷偷地瞧瞧他，脸上充满着嫉妒和仇恨的表情。

"这究竟是怎么回事？"王子心里在想，"我快些回到城堡里去吧！"

可是他刚一走进城堡的花园，便惊得愣住了：原来的铁栅栏没有了，围墙坍塌了。昨天还是那么漂亮的一直延伸到城堡的那片树林变成了一块干裂的碎石地，长满了一丛丛小矮树和细长的小灌木，还有就是在月光下显得那么灰白和毫无生气的野草。

王子继续往前走去，一直走到这天早晨还竖立着那座城堡的地方。城堡不见了。在大路尽头，比波王子只找到了一个破破烂烂的小农庄：三座房子围着一个泥泞的小院子。在那座最大的房子门前，有一个女人像是在等他；她穿着一身黑衣服，外罩一条蓝色的围裙，提着一盏点亮的灯笼。一看到比波走来，她语气尖刻地对他说："哼，好极了！你不是说中午以前就回来吗？看你父亲会对你怎么说！喂，快下马，到屋里去！你喝的汤已经凉了！"

比波王子跨下马来，不知道究竟发生了什么事。那个女人把马儿牵走时，他走进开着的门，来到了一个方形的大厅里面。大厅里有一个炉灶，一张桌子和两只长凳，还有一个被烟熏得漆黑的弯弯曲曲通向上面一层的木楼梯。天花板黑糊糊的，四面墙壁都已发黄，坑坑洼洼，结有很多蜘蛛网；唯一的装饰是挂在墙上的一本旧日历。

比波向前走了几步，以为大厅里没有人……突然他发现在一只长凳的尽头有一个两只臂肘搁在桌子上的奇怪人影。他走近一看，原来是一个非常矮小的人，是一个畸形的矮子。他的身材像一个十岁的孩子，面貌却是一个平庸固执的小老

头子，比波开始时像对一个孩子说话似的问他："你叫什么名字？"

矮子抬起头来，直愣愣地看看他，然后不声不响地做了一个手势要他走过去。比波毫不提防地走过去，向那个小老头俯下身子……可是蓦然间这个矮子一伸手，打了他一记结结实实的耳光。就在这时候，那个妇女闯进来了，她顿时得意洋洋地大笑起来。

"打得好！"她说，"这可以让你知道如何尊敬你的父亲！"

比波还是不懂。他在长凳上坐下，脸上热乎乎的；矮子幸灾乐祸地看着他。这时候，那个女人舀了一碗汤放在桌子上，还给了他一把大汤匙，说："喂，吃吧！"

"谢谢，太太。"比波咕哝着说。

汤几乎没有什么热气了，可是他这时饿慌了，顾不得这么许多了。吃饱以后，他问这个女人："请问，太太……我父母在什么地方？"

这个女人突然回过身来对着他，小老头也直起了身子，他们两人盯着他看了整整有一分钟之久。终于女人回答说："你的父母？什么父母？难道我们不是你的父母吗？"

"您很清楚你们不是我的父母，"比波真诚地回答说，"我的父亲是国王，我的母亲是王后；他们和我一起住在一座城堡里面。"

"那么，"这个女人指着矮子接着说，"难道你的父亲不是国王？难道我不是王后？难道我们现在不是住在王宫里？"

"当然不是！"比波激动地说，"我们现在正呆在一个又黑又脏又丑的旧农庄里……"

　　女人没有回答。她的眼光变得游移不定；她收起汤碗，用不容回嘴的语气低声说："上楼去，到你的房间里去！"

　　比波越来越糊涂了，可是他不敢再说什么了。他登上楼梯，穿过黑咕隆咚的走廊，看到有一扇门。他推开门，那是一个里面放着一张双人床的大房间。

　　"大概不是这个房间。"他想道。

　　他又往前走了几步，看到了第二扇门……这一次他看到房间里面是一大堆乱七八糟的东西；旧床垫，破铜烂铁，还有一辆锈迹斑斑、支离破碎的童车歪倒在地板上。

　　"也不会是这一间。"比波心里想。

　　最后，他打开第三扇门，走进了一个空房间，里面只有一张似乎在等着他的不大不小的床。没有灯火，只有从窗口射进来的月光。外面，昏暗的院子里静悄悄的，仿佛一切都已入睡了。

　　比波脱去衣服，悄悄地躺到床上，开始考虑。他的结论是：这个女人毫无疑问是一个女巫。她对花园、城堡和整个王国施了魔法。她取代了我的母亲，弄来这个凶恶的矮子做我的父亲。可是我真正的父亲和母亲呢，他们在哪儿？

　　比波感到累了。他一连好几次轻轻地自言自语："我祝愿，我要重新找到我的父母，还有我们的王国，就像今天早晨我看到的那样！"

　　随后他松了一口气，信心十足地睡着了；希望第二天早晨，一切都将恢复原状。

09
第一个愿望

可是第二天一切都没有变。天刚拂晓，这个女人便来唤醒比波，叫他下楼去吃早饭。比波走到院子里，看到矮子正在替小红马比波套上一辆破旧的小车。随后他们一起到田里去，挖了整整一天土豆。比波虽然喜爱运动，可是对这种工作很不习惯，觉得腰酸背痛。此外，他还很担忧，因为他清楚地感到，他的小红马饿了。它不时地伸长脖子想吃草，可是小车限制了它的行动，而且只要它一伸脖子，矮子便给它几鞭子。比波王子想拦住他。

"别打它！"他说。

小老头站住了，目光凶狠；随后故意再加了几鞭子。

比波只能不再作声，只是默默无声地工作着。到了中午，女巫给他们拿来了吃的东西；休息半小时以后，他们又重新开始工作。傍晚时分，他们带着满满一车装在口袋里的土豆回到了农庄。

傍晚吃过晚饭以后，女巫对比波说："别马上到楼上去；你父亲和我有话对你说。"

比波这时候已经站起来了，听了她的话又顺从地坐下了。

"听我说，"女巫说，"现在你已经长大，我们可以和你认真地谈谈了。你知道，为了抚养你，你爸爸和我吃了多少苦。我想，你是应该报答我们的。这种报答，你完全可以给我们，而你自己却并无任何损失。你具有一种神奇的力量，我的小比波……"

"一种神奇的力量？什么力量？"

“喂，”女巫接着说，“你倒是想想看；所有你希望得到的东西，久久地渴望得到的东西，到了最后你总是会得到的，是吗？”

“是的。”比波回答说。

“那么，这就是你的力量。这是你具有的一种天赋。所有你祝愿要得到的东西，你总是会得到的。”

“总是会得到的吗？”

“你一辈子都这样。”

“喔，太妙了！我是多么幸运啊！”

女巫微微一笑；那是一种阴森森的假笑。

“所以，”她说，“我们请你为我们祝一个愿……”

“我，我当然愿意。你要我为你们祝什么愿呢？”

“好吧，我也不太清楚……你可以祝愿永远不离开我们，比如说……永远留在我们身边……”

“啊，不！这我可不愿意！”比波回答说。

“为什么你不愿意呢？”女巫皱皱眉头说。

比波低下头去，他感到有点儿羞怯。

“我宁愿为你们祝一个别的愿。”他声音低沉地回答说。

女巫嘲弄似的笑笑说：“那么说，你不愿意留在我们的身边？”

“不愿意。”比波说。

“为什么呢？”

“因为……”比波说。

他差一点要说：“因为我要去找我真正的父母……”

可是他终于忍住了没有说出来，只是接着说：“因为……

我想出门旅行。"

"到哪儿去旅行？"女巫问。

"我不知道。随便走走，去碰碰运气。"

女巫笑着说："运气！我可怜的孩子！可是，运气是没有的！早已没有了！不论是这儿还是别的地方，全是一回事！喂，听我的话吧，照我的要求去做。如果不是为我，至少为了你的父亲……"

比波感到非常尴尬！女巫要求他的事他不愿意干，可是他也不愿意说谎。

"坦率地说，"比波表示，"我不太想祝这个愿。请要求我祝别的愿吧：长寿，健康，财富，随便您要什么都可以，但是要让我自由！"

女巫摇摇头；她希望的不是这个，矮子也一样。他们希望把比波王子留在身边，这样，在他们一生中，只要他们想到什么事情，就让比波为他们祝愿。

"小坏蛋！"她说，"你把你父亲气哭了！"

果然，小老头掏出手帕，用力地擦着眼角。比波不知怎么办才好，他真是手足无措了。他想找一个折衷的办法。

"请理解我的心情，"他说，"这是没有办法的事情。如果我不是真心实意的，那么我的愿望也就不再是一个真正的愿望，我就什么也得不到……而我内心里实在不愿意永远留在这儿……"

女巫摇摇头，叹了一口气说："喂，我愿意相信你的话。如果这样的话，你是不是愿意真心实意地和我们一起度过今年的冬天？"

比波还想考虑考虑；可是他看到矮子又要掏手帕擦眼泪了，便急着回答说："好的，我愿意。"

"这样的话，"女巫说，"把这句话高声讲出来，让我听听清楚。"

比波爽爽快快地高声说道："我要留在这儿，一直到冬天结束。"

"很好，"女巫说，"你是一个乖孩子。现在你去睡觉吧。"

比波登上楼梯。他踩上楼梯最上面一级台阶时，听到下面大厅里女巫在对她的丈夫说："在冬天结束以前，一定得把那匹马宰了！"

10
第二和第三个愿望

只要比波作出了许诺，他就决不食言。整整一个秋天，他都在帮助矮子和女巫干活。他帮着收摘葡萄，拔萝卜；由于矮子个儿太小，很难耕田，他就自己把犁刀套在马上，把整块田都翻了一遍。随后，当大雪纷飞，土地休闲时，他又干起了农庄里的零活儿：修理农具、整修木器，等等。

这种生活王子并不喜欢。女巫的脾气始终是那么乖戾，白天黑夜都监视着他。矮子总是一言不发，像影子附身一般跟随着他，眼光里透露着仇恨、轻蔑和嫉妒。他本来可以利用礼拜天骑骑马，可是他下不了决心这样做：小红马比波吃得很差，活儿干得很多。它休息得太少了。田里的工作结束以后，气候变得很坏，比波也不再想出去了。比波王子心里想："再忍耐一下吧！还有两三个月，我就可以骑着我的马远走高飞了。"

他趁他不得不呆在农庄里等待的时候学到了很多本事。比如他学会了杀猪，给酒桶浸硫，修理大车，制作桌椅板凳和面包箱……他同样还学会了——尽管他并不愿意——隐藏自己的思想，谨言慎行，不暴露内心的感情；这些性格上的变化，在他目前的处境中，比任何其他能力都有用。

日子就这样一天天过去了。

一个三月份的早上，比波起身后往窗外望去。春天还没有来临，可是空气中已经有了一些清新欢乐的气息……阳光普照在一片冻得硬邦邦干巴巴的土地上……真是散步的好时光啊！

他下楼到饭厅里去，坐在矮子面前喝咖啡，随后问女巫："我能不能骑马出去？"

"去干什么？"女巫问。

"嗯……去散散步！"

"你去散步还需要用马吗？"

"嗯……是啊！我想骑马……"

"怎么还这样孩子气！"女巫生气地说，"你已经不再是个孩子了，还要骑马玩儿！喂，喝你的咖啡吧！"

比波一面喝咖啡一面想："我就听您的吧，因为我还在吃您的面包；可是春天一到，小红马和我将多么高兴地离开这儿，再也不回来了！"

喝完咖啡以后，他像每天早上一样到马厩里去，看看他的马是否缺少什么。随后他想走出去，可是大车能通过的门用链子和挂锁锁着，边门也上了锁。他回到饭厅里，问道："门怎么都关着？"

"不能关吗？"女巫说。

"对不起，"比波说，"我想出去兜一圈。"

女巫神色严厉地看着他。

"你想出去？"

"是的。"

"为什么要出去？"

"为什么不能出去？"比波说。

这时候，女巫生气了，她大声叫道："啊，我求你啦！至少你说话该礼貌些吧！你为什么要出去？"

"嗯，去散步嘛！"比波怯生生地说。

女巫看看矮子，矮子看看女巫！随后他们两人都带着一种责备的神色看看比波。

"他又是老一套。"女巫说。

矮子叹了一口气。

"可是，"比波说，"我不是每个礼拜天都出去的嘛，您也总是让我出去的……"

可是女巫打断他的话抢着说："是的。直到今天，我们总是让你出去的，以为你会慢慢想通……可是你没有想通，你也不愿意想通，我看得很清楚，你不喜欢我们，你厌恶我们，你想从我们这儿逃走……"

女巫用她围裙的边角擦擦眼睛。

"好吧，我没有什么可说的。"比波厌烦地说。

他又向门口走去，女巫又叫住他说："喂，你又要去哪儿啦？"

“到院子里去。”比波说。

“院子里根本没有你要干的事。难道你的父亲和我就这么惹你讨厌，你和我们一起呆上五分钟都不行吗？”

比波不再坚持了；他就在大厅里来回踱步，一分钟以后，女巫就叫了起来：“你安静一些好吗！找个地方坐下来！”

比波坐在桌子的一端；半分钟以后，女巫又向他叫道：“你的腿别摇好吗！你究竟是怎么了？”

“没有什么。”比波说。

“那么，你别玩你手里的刀子好吗！我发誓，你一定感到烦闷了！”

“是的，我感到烦闷。”比波说。

“他感到烦闷。”女巫神情严肃地说。矮子掏出手帕，轻轻地擤着鼻涕。

突然女巫的态度来了个一百八十度的大转变，她微笑着对比波说：“我祝你节日愉快！”

“为什么？今天是我的节日吗？”比波王子问。

“什么？”女巫问，“你不知道今天是圣比波节吗？和我一起上楼到你的房间里去，我们为你准备好了一

份你意料不到的礼物！"

比波上楼到他的房间里去，女巫跟在后面。他穿过走廊，打开房门，走进房间……可是房间里什么变化也没有，还是像他离开时一样。他正想回过头去问问是怎么一回事，突然听到房门在他身后关上了，还听到了钥匙在锁孔里转动和女巫在门外冷笑的声音。

"开门！"比波说。

可是女巫回答说："现在，你要许愿留下来和我们呆在一起！"

"可是我不愿意！"比波叫道。

"如果你不愿意，那就活该！你要被关在这里！"

"如果我同意了，您能让我出来吗？"

"那当然！"女巫回答说。

"保证吗？"

"保证！"

"好吧，我同意。请把门打开。"

"不，不！你首先要许愿！"

"我许愿要留在这里！好了，您满意了吗？"

"还不够！你还得加上'一直到我死的那一天'！"

"我许愿要留在这里，一直到我死的那一天！"

"你这是真心实意的吗？"

"是的，是的！"

"那么，好极了！"

女巫的脚步声慢慢地在走廊里远去了。

"那么，您开门啊！"比波气愤地叫道，"您不是答应让我出来的吗？"

"真的吗，我答应过吗？"女巫讥讽地说道，"那么你呢，你答应过什么呢？留在这儿一直到你死去，不是吗？那么，你可以满意了！你就呆着吧！"

女巫下楼了。这时候比波扑到自己的床上，气得发疯；他从心底里发出了响亮的叫喊："我的心愿是要和小红马比波一起离开这里，谁要阻挡我，我就杀死谁！"

他闭着眼睛，握紧拳头，把这个愿望重复了两遍、三遍……十遍，随后他向四周望望，像在等待奇迹出现……

可是没有奇迹出现。小房间还是原来的模样，门始终锁着。

11
看不见的旅行

比波王子躺在床上，他衣服也没有脱，他在休息，他在思索："这是不可能的，我不会留在这儿的！女巫迟早要给我送吃的东西来。她来了就要开门，我就把她推倒在地，踩她，我就可以逃走了……"

可是时间一点一点地过去，女巫却没有来。太阳升起，直到头顶，再开始下降，夜幕降临……女巫始终没有来！比波等累了，睡着了，做起梦来了。

他梦见自己置身在一个大宫殿里，也许比他父亲的宫殿还要漂亮。他在这个宫殿里走过了一个个大厅，一个个房间和一条条走廊。那儿有一群人，讲着一种他听不懂的语言。比波不时地问他们："你们在说些什么？"

他们不回答。尽管他提高嗓门，对着他们的耳朵吼叫，他们还是听不见。于是他向他们做手势，做鬼脸，可是他们看不到他。

此外，比波连他自己也看不见自己。他走路时看不见自己的脚。

他摸索着，感觉着，可是看不到自己的手。他在一面大镜子前面经过，往镜子里看了一眼……他看到所有其他的人，可是没有看到他自己。

"我难道是一个幽灵吗？"他心里想。

他想试试，看看是不是这么回事，于是向天花板跳去。他一跳便碰到了天花板。他真的变成一个幽灵了。他在空中飘荡，他穿过墙壁，在人群中穿梭，可是别人却没有发现他。他上楼时是从扶手上爬上去的，就像是通过缆索铁道升上去的一样。做幽灵可真有趣！

他就这样登上了二楼、三楼……可是到了三楼以后，他发现只剩下他一个人了。在他面前有一条很长很长的回廊，回廊里只有两三盏壁灯，灯光微弱。他径直沿着这条回廊走去，先向左拐，后来又向右拐。拐了两个弯以后，他看到有一扇门，门前有两个仆人俯着身子，头对着头，在听着什么。他们两人在讲话，这时候，比波听懂了他们在说些什么。

"她在哭。"一个仆人说。

另一个回答说："她在哭，是的，可是她没有屈服。"

"她不愿意屈服。"前一个仆人说。

"可是她在哭。"第二个仆人说。

"谁在哭？"比波问，"谁不愿意屈服？"

这一次，两个仆人都听到了他的话，他们同时回答说：

夏洛书屋·比波王子

"嗯，是波比公主！"

随后他们同时直起身子，神色惊惶地相互望望。

"你为什么这样问我？"一个仆人说，"你不是和我一样，也知道这件事吗？"

"我可是什么也没有问你！"另一个仆人反驳说，"是你向我提这个愚蠢的问题的！"

"我？既然是我回答的，那问题就不会是我问的！"

"可是我也回答了！"

他们向四周看看，没有看见任何人：比波是看不见的。

"可是，"第一个仆人低声说，"如果真的是我们两人回答的，那么是谁提问的呢？"

"我也在这样想！"第二个仆人说，他吓得声音也变了。

比波听到他们的谈话后，忍不住要和他们开一个玩笑。他把自己的脑袋伸进他们两张吓坏了的面孔中间，轻轻地说："是鬼……"

两个仆人吓得边逃边叫："是鬼！是鬼！"

比波哈哈大笑，随后他走进了房门。

他顿时置身在一个豪华的卧室之中，房间里挂满了天蓝色的帷幔，中间有一张方形大床。床上横卧着一个年轻姑娘，她那金黄色的头发披散在海蓝色的天鹅绒床单上。

她像一个十分悲伤的女孩子那样在呜咽哭泣。比波飘飘悠悠地向她靠近过去，对着她耳朵说："您是波比公主吗？"

小姑娘顿时竖起身子，她那双泪汪汪的眼睛闪耀出欢乐的光芒，说："您是比波王子吗？您在这儿吗？"

"我在这儿。您为什么哭？"

"我父亲把我关在房间里，因为我不想祝一个愿。"

"而我呢，"比波王子回答说，"我母亲也把我关起来了，也是因为我不想祝一个愿。"

"就是因为这个原因我才看不见您吗？"

"就是因为这个。我现在只有灵魂在这儿。"

这时候，年轻姑娘向他伸出胳膊求他说："比波王子，救救我吧！比波王子，把我带走吧！比波王子，娶我吧！"

"好的，我要救你出去！"比波王子高兴地叫道，"好的，我要娶你！我希望如此，这是我的心愿！"

正在他讲这几句话的时候，房间消失了，公主不见了。

在一片漆黑之中，比波听到另外一个声音，一个惊慌的声音在向他叫喊："比波王子，救救我！比波王子，把我带走！矮子和女巫要杀我！"

比波一下子跳下床；他听出是小红马比波的声音，就像他上一次——唯一的一次——在跃过火山时听到的声音一样。

他跑到窗口，天已经完全黑了。在农场的院子里，有一个奇怪的行列在行走着：为首的是矮子，他提着一盏灯笼；后面跟着的是女巫，她的左肩上扛着一把斧子，右手紧紧地牵着小红马的缰绳。他们正在向大门口走去，斧子的锋口刚刚磨过，宛如一支小银箭在黑夜中闪耀着微光。

12

小女巫

　　这一次，比波不再考虑了，他用左肩膀往门上撞去；第一次门震动了一下，第二次门格格作响，第三次门被撞开了；连着锁的木板裂开了，门扉飞到了走廊里。比波摔倒在地，又爬起来，走到楼梯口，下了楼梯，穿过大厅，走到院子里……

　　院子里没有人，可是院子尽头的大门打开着。比波走到田野里往四处看看……一个人也没有。他正想毫无目的地往右边一条路走去，突然听到背后响起一声马嘶。他立即回过头来，飞快地奔去……他冲到墙角处一拐弯，看到在马厩后面的星空下呈现出一幅奇特的景象：女巫面对小红马，高举斧子站在那里，矮子使出全身力气拉着缰绳，迫使小红马低下头来。在他们旁边的地上挖有一条深沟。

就在女巫挥舞着双手，用紧握的斧子朝小红马的脑袋砍下去时，比波王子狂叫了一声："当心，比波！"

听到这声喊叫，小红马长长的脖子突然往后一仰；就在这时，斧子擦着马的鼻子猛然砍下，把小老头的脑袋像切苹果似的砍成了两半。

"笨蛋！"女巫愤怒地叫道。

可是已经太迟了：矮子已经被砍死了，跌落在深沟里，小红马逃走了。

女巫还没有来得及再举起斧子，比波已经向她冲过去了。他抓过女巫手中的斧子，挥动着，闭起眼睛，用力往下一砍。他根本没有考虑这样做好不好……他想杀死女巫，像劈木柴似的把她劈开，就像她砍矮子一样，就像她想对付他的小红马一样！

他刚一砍下去，便听到两声大笑。他睁开眼睛，看到的是什么啊？他面前的不是一个女巫，而是两个；两个女巫都只有原来的女巫一半大。这两个女巫都在哈哈大笑，就好像她们觉得这件事太可笑了。

比波感到她们是在嘲笑他；这种笑声使他怒火中烧。他高声叫道："你们觉得这样很有趣吗？"

"是的，是的，我们觉得这样很有趣！"两个女巫在草地上跳着回答说。

"你们还想来一次吗？"

"是的，我们还想来一次！"

"好吧，等一下！"

他又闭上眼睛，举起斧子，又一次往下砍去……这一次女巫变成四个了，比刚才的两个又小了一半，高兴的劲头也增加了一倍。她们在他周围像山羊似的蹦跳着，一面有节奏地呼叫着："再来一次！再来一次！"

比波王子气疯了，他用足力气又砍了一次、两次、三次、四次、五次、六次……当他重又睁开眼睛时，他看到他周围有二百五十六个小女巫，一个不多，一个不少；一个个都像大拇指一般高，像跳蚤似的绕着他的腿肚子转，发出昆虫般的笑声，一面尖声尖气地齐声叫着："再来一次！再来一次！"

这样的事情真是太荒谬了，比波王子松开了手里的斧子，斧子掉到地上，他也开始笑了起来。随后他跳到没有鞍镫的马背上，用足跟猛踢马的腹部，在黑夜中疾驰而去。

13

迷童客店

他奔驰了整整一夜。当太阳升起时，比波王子和他的马已经精疲力竭，饥肠辘辘；他们来到了一个陌生的地方，比波身无分文，也没有任何可以求援的地方。他们笔直地往前走去，走到一片死气沉沉的景色之中，四周都是一些灰秃秃的岩石，这儿那儿长着一丛丛娇弱的灌木。

比波任凭小红马驮着他摇摇晃晃地往前走去，耳中听着小红马踩在坚硬的石头地上的马蹄声。他在思念梦中看到的公主……究竟有没有公主？是不是有一天他会找到她？他迷迷糊糊地轻声咕哝着：

> 波比公主，
> 我但愿你是真的；

波比公主，

我将做你的丈夫。

　　这四句诗，他心平气和地随着马蹄的节奏，低声重复了一刻多钟。随后，他感到心情舒坦一些了，精神也好了一些。

　　他抬起头来，看到离他一百米远的路边有一幢孤零零的房子。他策马向那幢房子走去，房门上有一块深黄色的字牌，上面写着黑色的字：

迷童客店

　　"这就是我要找的！"比波想道。

　　他跳下马来。脚刚一落地，就看到一个眼神忧郁的妇人出现在门口。

　　"你好，年轻人，你要什么？"

　　"是这样的，太太，我饿了。"

　　"那就进来，坐下吃点东西！"

　　"不过，太太，我要预先告诉您：我没有钱！"

　　那女人平静地回答说："我知道。迷路的孩子总是没有钱的。进来，坐下吃东西吧！"

　　"可是我怎么付您钱呢？"

　　"你可以用故事来抵账。我，我喜欢听故事。你有故事可以讲吗？"

　　"噢，故事是有的，太太！"

“那太好了，”女店主说，“进来，坐下等着；我来照料你的马，我就来。”

比波不再犹豫了，他走进客店。进门就是一间光线充足的、铺方砖的方形大厅，大厅尽头有一个酒吧，还有许许多多硬木小桌子。几乎每张桌子上都坐着一个不声不响、孤零零的顾客；每个顾客都弯着背，神情疲惫地看着面前插在硬木桌子上的一把又长又宽的割肉刀。

“你们好，先生们，女士们！”比波进门时说道。

可是没有人答理他。只有一个穿黑衣服的小伙子瞥了他一眼，那是短暂的、沮丧的一瞥，接着他又马上恢复了原来

的神态，继续注视着那把刀子。

"他们在玩什么把戏啊？"比波想道，对这种欢迎方式感到很纳闷。

他找了一会，找到一张空桌子，坐了下来。这张桌子和所有其他桌子一样，桌面上也插着一把刀——一把刀柄上镶着铜钉的割肉用的大刀。比波好奇而不安地看了看这把刀。几分钟就这样在一片寂静中过去了。不时有一个顾客长叹一声。

女店主终于进来了，她问比波："你喜欢蔬菜牛肉浓汤吗？"

"噢，喜欢的，太太。"比波回答说。

"好，请再等一会。"

五分钟以后，女店主首先端来一碗汤和一些烤面包，随后是一盆撒上粗盐的白煮肉和两三根醋渍小黄瓜，旁边还配有一些美味的蔬菜：胡萝卜、芜菁、韭葱、芹菜和土豆。最后，她又拿来了一块白色的干酪和一只多汁的梨子。这些菜肴，加上白面包，还有一小瓶当地产的葡萄酒，全给比波吃下去了，这种葡萄酒是黄色的，酒精度数不高，但是有很好闻的葡萄汁的香味。比波吃完以后，女店主问他："怎么样，味道好吗？"

"喔，好的，太太。"

"你吃饱了吗？"

"喔，是的，太太。"

"你不饿了吗？"

"喔，不饿了，太太。"

"那么，好吧，现在请付账吧。讲一个故事给我听听。"

"不要别的了吗？"比波问。

女店主神色严肃地回答他说："不要别的了，可是你要当心！你的故事一定要是非常美丽的，而且要是我第一次听到的。如果这个故事我曾经听到过，或者不好听，那就得再讲一个；你最多只能讲三个！三个故事讲完以后，如果还达不到我的要求，你就要和其他的顾客一样，留在这儿！"

"和其他的顾客一样！"比波困惑地说。

比波一面说一面又看看那些顾客。可是这些顾客还是一动也不动，甚至连头也不回一下，只是同声长叹了一下。

比波回转身子问女店主："他们为什么不走呢？"

"走，你倒是自己试试看！"她说。

比波试了试——可是毫无用处！他再也站不起来了；他像是被粘在椅子上了。

"我这究竟是怎么了？"他问。

女店主带着沉思和忧郁的神情摇摇头。

"是这把刀。"她说。

“是这把刀不让我站起来的吗？”

“是的。”

“如果我把刀拔出来呢？”

“你倒是试试看！”

比波抓住刀柄，用力一拔——可是毫无用处！他想摇动它，先是向左向右，随后再往后往前，想把插在木头里的刀尖拔出来，他甚至向旁边用力，想把刀尖折断……最后，他不得不放弃了这种打算。

这时候女店主拿来一把椅子，坐在比波的对面，她双手托头，臂肘撑在桌子上，眼睛盯着他，亲切地对他说："现在你讲吧，我听着。"

比波沉思片刻，稍许想了想；他想起了他的王后母亲从前给他讲过的一个古老的俄罗斯童话。

“一个俄罗斯童话，”他想，“这是不大听得到的。这个女人大概不知道。”

于是他开始讲"忧愁"的故事。

14

"忧愁"的故事

从前，在俄罗斯一个村庄里，有两个农民兄弟，哥哥很有钱，弟弟很穷。有钱的哥哥有一幢漂亮的房子，经常邀请城里的商人去做客；穷弟弟夫妻和孩子一起住在一个地势低洼的破旧窝棚里。

一天早上，穷弟弟去找他的哥哥说："给我一点儿面包吧，我的孩子在哭。"

哥哥回答说："在我家里劳动一个星期，我就给你一点面包。"

"好吧，就这样定了。"弟弟说。

弟弟开始工作。一星期结束以后，哥哥给了他一点面包，并对他说："把面包拿回你家里去；今天晚上和你妻子一起来，我邀请你们参加一个小小的宴会。"

"可是我们连比较像样一些的衣服也没有啊！"

"这没有关系。你们就穿平时的衣服来好啦。"

这天傍晚，穷弟弟带着他的妻子来了。哥哥家里来了很多很多穿着华丽的富裕的农民，还有附近城里的有产者。

哥哥亲切地接待他的弟弟和弟媳妇进去，请他们坐下，可是以后呢……他把他们俩忘记了。其他的来宾吃啊、喝啊、笑啊、唱啊、玩啊……可是他们两人呢，没有人想到给他们拿些吃的和喝的来，没有人关心他们。

午夜稍过，大家都回家了。其他的宾客都高高兴兴地坐着铃儿叮当的雪橇走了；可是这对穷夫妻却只能饿着肚子步行回家。

"唉，这没有什么！"弟弟说，"不管怎么样，我们还是度过了一个美好的夜晚，在一幢暖洋洋的漂亮房子里，还听到了别人唱歌……是啊，我们是不是也来唱唱，我们？"

"多谢了！"妻子说，"要唱你就一个人唱吧，别把我算在里面。"

穷弟弟开始唱歌。可是就在他唱歌的时候，他听到的不是他自己一个人的声音，而是听到了两个人的声音。他停住了，感到非常奇怪，问他的妻子说："是你在跟我一起唱吗？"

"你把我当成疯子了！"妻子气呼呼地说，"我怎么还有兴致唱歌。"

弟弟重新开始唱歌……毫无疑问：他听到的的确是两个人的歌声。他看看右面，没有人；他看看左面，也没有人。于是他回过头去，看到他身后有一个衣衫褴褛、愁眉苦脸的人；这个人就像是他的孪生兄弟。穷弟弟过去从来没有看见过这个人，可是他马上就认出他来了。他问这个人："是你吗，忧愁？"

忧愁回答说："是我，兄弟。从现在起，我就步步跟着你。"

于是，穷人不再唱歌了。他回到他的窝棚里，睡了。次日一早，他醒来时首先看到的是坐在床头的忧愁。忧愁对他说："喂，兄弟，去喝一杯吧。"

"可是我没有钱！"

"你是没有钱，可是你有一件大衣，把它卖了吧！"

穷人把他的大衣卖了，用卖大衣的钱到酒店里去喝酒。

第二天醒来时，忧愁又对他说："喂，兄弟，去喝一杯吧。"

"可是我没有钱！"

"你是没有钱，可是你有一辆雪橇，把它卖了吧！"

农民像喝他的大衣一样又把雪橇喝了。

第三天，忧愁又重新开始："喂，兄弟，去喝一杯吧。"

"可是我没有钱！"

"你是没有钱，可是你妻子还有一件供替换的连衣裙。"

这一天，穷人便把妻子的连衣裙喝掉了；接下来的日子，又喝掉了他的家具、工具和孩子们的破衣烂衫……一直喝到他家里什么东西都没有了。

又一天早上，忧愁又像平时一样对他说："喂，兄弟，去喝一杯吧。"

"这一次，"穷人回答说，"我什么也没有了。我的妻子也什么都没有了。我的孩子们也什么也没有了……"

"既然这样，"忧愁说，"拿一只口袋，跟我走。"

忧愁把他带到森林深处一块松动的石头旁边。

“把这块石头抬起来吧！”他说。

农民用尽力气把这块石头抬起，发现石头下面是一个大窟窿，里面装满了金币。

“把你的口袋装满吧！”忧愁说。

“好，”农民说，“那么你跳到洞里去，把金币递给我，这样可以干得快一些。”

“随你的便。”忧愁说。

忧愁跳进洞里，把金币递上来。口袋装满以后，他想上来，农民对他说：“再给我一把，让我放在衣袋里！”

忧愁弯下腰去捞最后一把金币……就在这时候，农民把那块大石头重新盖在洞口上，并高声叫道：“现在，该死的，你不能再叫我喝酒了！”

随后他把袋子扛在肩上，回他的窝棚去了。

袋子尽管很沉，他却觉察不出来！穷人高兴得不由自主地一个人唱了起来。可是他刚一开口唱，便惊奇地停住了。他听到的不是他自己一个人的声音，而是听到了两个人的声音！他看看右面，没有人；他看看左面，也没有人。于是他回过头去，看到他身后有一个喜气洋洋的、和他像兄弟般的年轻人，他穿着一件绣花的红色上衣，耳朵上夹着一朵花。农民从来没有看到过这个人，可是他马上就认出了他，并问他说：“是你吗，幸运？”

“是我。”

“为什么你这么迟才来？”

幸运回答说：“那是因为，我，我不是农民的幸运，我是有产者的幸运。现在你有钱了，你住到城里去做生意吧；

我以后不再离开你了。"

农民带着全家离开他的窝棚，住到城里去了。一年以后，他变成了一个非常有钱的商人。

一天，他正在自己的铺子里，看见他的哥哥从街上走过，也就是那个有钱的农民。他马上叫住哥哥，并和他相认："我的哥哥，我还是要谢谢你给我的面包！如果你愿意，今天晚上到我家里来，我们一起吃夜宵！"

这天晚上，哥哥来和他的弟弟一起吃夜宵。他能找到弟弟本来是件高兴的事，可是不！恰恰相反，他嫉妒得要死！他不怀好意地问弟弟说："你发财了？"

"是啊！"

"你是怎么发财的？"

"这我可不想讲！"

可是哥哥不断地盘问；他给弟弟斟酒，把他灌醉，不断地问他。最后，弟弟感到厌烦了，回答他说："是这么回事：我到森林里去，我把我的忧愁埋在那块松动的大石头下面了……"

第二天，坏良心的哥哥出发去解救他弟弟的忧愁。他走到森林深处，一直走到那块松动的大石头那儿。他用足力气把石头推了开去……石头刚被推开，愤怒的忧愁便跳上来抓住他的脖子叫道："啊，强盗！我抓住你了！你想把我埋在地下，而我，我却是你忠实的朋友！"

"不是我！"哥哥叫道，"是我的弟弟把你埋在地下的！而我是来解救你的！"

忧愁感到很奇怪，松开手说："那么，为什么你要来解救我呢？”

"为了让你回到我弟弟那儿去……"有钱的哥哥说。

忧愁皱了皱眉头。

"啊，不！"他回答说，"你弟弟是个忘恩负义的人，我不想再见他了。既然你救了我，我就和你呆在一起；为了报答你的恩情，我永远也不离开你了！"

坏良心的哥哥就这样耷拉着脑袋回到家里，忧愁紧跟在他的身后。他一脸愁容，连他的孩子们也几乎认不出他了。第二天他醒来时，他首先看到的是坐在床头的忧愁；忧愁对他说："喂，兄弟，去喝一杯吧……"

15

简短的一章

"这个故事很美丽，是吗？"比波问女店主。

可是女店主回答说："这是一个很美丽的故事，可是它并不新，我已经听人讲过了。另外讲一个给我听听吧。"

比波很失望。他又思索了一番，绞尽脑汁，想了又想……终于记起了另外一个很长的童话，这也是一个俄罗斯童话，很长很长，非常有趣，很难记住；是他的国王父亲从前讲给他听的。

"这个童话，"他想道，"如果她也知道，那真是太奇怪了！"

于是他开始讲这个很长很长的故事：不死的科什。

16
不死的科什

从前有一个俄罗斯皇帝,这个皇帝有一个儿子,俄文名字叫伊凡;法文叫让王子。

在让王子小时候,他的奶妈在哄他睡觉时,总是唱这样一首催眠曲:

> 睡吧,让王子!
> 当你二十岁的时候,
> 你将去寻找你的王后,
> 人间少有的美女!
> 睡吧,让王子!

到了他二十岁生日的那一天,让王子去见他的父皇,对他说："父亲，我要离开你了，请祝福我吧。"

"你要到哪儿去？"

"我去找人间少有的美女。"

"是谁使你有这种想法的？"

"是奶妈唱的歌告诉我的。"

"留下吧，我的孩子。你看到我已经老了。也许不久以后，帝国就需要你了！"

"不，我的父亲，我要走了。如果你祝福我，那就再好不过；如果你不祝福我，那就算了，可是我还是要走的！"

有什么办法呢？皇帝祝福了他的儿子，让王子便出门去碰运气了。他刚走出宫殿，就在街上遇到一个老妇人；老妇人问他："你到哪儿去，让王子？"

他一面走一面回答说："哎，老太婆，这关你什么事？"

可是他走了几步以后，又停住了，心里想道："为什么我这样粗暴地回答这个老太太？趁现在还来得及，我要去向她道歉。"

他回头追上了老太太，说："请原谅，老大娘，刚才我在想别的事情……你对我说什么啦？"

"我刚才问你到哪儿去。"

"我去寻找人间少有的美女。"

"你幸好回来告诉我，"老太太说，"否则，你是永远也找不到她的。"

"那么你知道她在哪里？"

"耐心一些，让王子！首先，你应该知道美女住得很远很远！因此你一定要有一匹马。不过你要注意，不是一匹普通的马，而是一匹千里马！"

"我到哪儿去找千里马啊？"

"听我说，"老妇人说，"你把你父亲的马统统赶到蓝色的大海边去饮水，那匹一直走到海水浸到脖子、饮水时也不低头的马，就是真正的千里马！"

"谢谢，老大娘！我这就去！"

让王子按照老妇人说的去做了。他把父亲所有的马集中起来，赶到蓝色的大海边上去饮水。那些马几乎全都站在海边，有几匹马的小腿伸进了海水里；只有一匹白马走得最远，海水浸到它的脖子，不用低头便饮到了海水。王子便把它牵来，备上鞍子，跳上马背，上路了。

他一直往前走去，走了很久很久；一天天过去了，一个个星期过去了（讲话要比行动快得多），有一天他来到一个陌生的城市。

他住进了客店，随后在城里街道上到处走，打听有没有人知道人间少有的美女在哪里。在穿过广场的时候，他听到有人在哀叫；他走过去一看，看见有一个光着脊梁的男子被绑在一根柱子上，有人在鞭打他。

"为什么要打这个人？"让王子问。

一个行人回答他说："因为他欠了三个铜子的债，还不出来。"

"只有三个铜子？难道没有人肯代他付吗？"

"没有人，"行人说，"因为谁替他付了钱，不死的科什将来要抢走他的未婚妻。"

"见鬼！"王子心里想，"我可不愿意别人抢走我的

未婚妻！"

他还是走自己的路，继续在城里到处打听；可是没有人知道人间少有的美女在哪里。四五个小时以后，天色已晚，他回旅店去了。再次经过广场时，他看到那个人还被绑在那儿，还在挨鞭子抽。他不由得起了怜悯之心，站住了。

"活该，"他想，"我去为他付钱吧。无论如何，我现在还没有未婚妻，不死的科什能抢走我什么呢？"

他去找执法官，付了三个铜子以后便回旅店去了。可是他刚走到旅店门口，便听到有个人在他身后追来叫他："让王子！让王子！"

他回头一看，原来就是刚才被绑在广场上挨鞭子的那个人。

"太感谢你啦，让王子！不过幸好你救了我，否则你永远也找不到人间少有的美女！现在，我要留下伺候你；因为你一找到人间少有的美女，不死的科什便要来把她抢走！"

"随你的便，"王子说，"你就留在我身边吧。"

他们一起用晚餐，吃完以后，王子问他："那么，你告诉我：谁是不死的科什？"

"他是一个年老的魔法师，他的年纪已经很老很老，而且心狠手辣，无恶不作。他不吃不喝，瘦得皮包骨头，可是却没法杀死他！"

"为什么呢？"

"因为他的死神被囚禁起来了；他把他的死神藏在谁也找不到的地方。"

"我的确很需要你的帮助，"王子说，"你叫什么名字？"

夏洛书屋·比波王子

"我叫忠实的仆人。"

第二天，让王子替忠实的仆人买了一匹灰色的马；他们一起继续赶路。他们走啊，走啊，一个个星期过去了，一个个月过去了（讲话要比行动快得多）。有一天他们来到了一座高塔附近的原野上。塔顶上有一扇开着的窗子，人间少有的美女就住在这里面。

"快，生一堆大一些的篝火！"忠实的仆人说。

在王子生火的时候，忠实的仆人拿来一只鸡、一只鸭和一只鹅。他把它们全宰了，拔了毛，挖去了内脏，串在烤肉扦上。等鸡烤熟以后，他把它放在一只盘子里，随后托着盘子从高塔的墙上攀登上去，一直爬到开着的窗口，叫道："向你致敬，人间少有的美女；三个母亲的女儿，九个祖母的孙女！我的主人让王子，派我来向你致敬，并把这盘烤鸡奉献给你！"

人间少有的美女坐在房间里。她没有答话；可是忠实的仆人装作一个女人的声音代她回答说："谢谢你，忠实的仆人！进来，喝一小杯酒，向你的主人让王子致敬！"

随后他又恢复了自己的声音说："我一定代为转达！"

讲完以后，他又爬下塔去，拿起已经烤熟的鸭子，再次爬上塔来。进了窗口以后，他又再次自问自答："向你致敬，人间少有的美女；三个母亲的女儿，九个祖母的孙女！我的主人让王子，派我来向你致敬，并把这盘烤鸭奉献给你！

"谢谢你，忠实的仆人！进来，喝一小杯酒，向你的主人让王子致敬！

"我一定代为转达！"讲完以后，他又爬下塔去，拿起已烤熟的鹅，再次爬上塔去。他一分钟也没有耽误，在塔楼的窗口说："向你致敬，人间少有的美女！我的主人让王子，派我来向你致敬，并把这盘烤鹅奉献给你！"

这一次，美女站起来了，并亲自回答说："谢谢你，忠实的仆人，进来，坐下，喝一小杯酒，并代我向你的主人让王子致敬！"

忠实的仆人爬进窗口，坐下，喝了一小杯酒，随后拦腰抱住人间少有的美女，肆无忌惮地把她像一袋面粉似的扛在肩上，飞快地爬下塔去。一到塔下面，他就把美女交给让王子说："这就是你的未婚妻。把她放在马背上，我们走吧！"

他们踏上了回去的路；他们走啊，走啊，一个个星期过去了，一个个月过去了（讲话要比行动快得多）。每天晚上他们休息的时候，忠实的仆人就整夜守卫在篝火旁边，为了防止不死的科什来抢走他主人的未婚妻。可是有一天晚上，他实在支持不住了，他对王子说："今天晚上你代我守夜吧；可是要当心，别睡着了！如果你觉得太困，就马上叫醒我，别犹豫！"

"你把我当成什么人了？"让王子说，"我可以像别人一样守夜！"

可是不幸得很！在天快要亮的时候，王子不由自主地睡着了。几个小时以后，他们两人醒来时，天已经完全亮了，美女不见了。

你们一定知道这个故事还没有讲完！如果你们想知道后来的事情，请看下一章。

17

不死的科什（续完）

HISTOIRE DU PRINCE PIPO

　　"哭是没有用的，"忠实的仆人说，"不死的科什抢走了你的未婚妻；那么，现在我们去从他那儿把她抢回来！"

　　于是他们两人，让王子和他忠实的仆人，又重新上路。

　　他们走啊，走啊，一天天过去了，一个个星期过去了（讲话要比行动快得多）。有一天，他们在一条大路边上看到一大群羊。他们问牧羊人："这群羊是谁的？"

　　牧羊人回答说："是不死的科什的。"

　　"这个不死的科什住在哪儿？"

　　"他住在这片森林后面他的城堡里面。"

　　"嗯……可以见到他吗？"

　　"如果你们想见他，那得等到明天。他每天夜里都要出去，一直要到天亮才回来。现在这个时候，他正要出去。"

089

"谢谢。"

让王子和忠实的仆人向森林走去；可是他们刚走到森林边上，仆人对王子说："等等我，我的手帕丢失了。"

"我另外给你一块。"王子说。

"不，不，我要我自己的那块。"

"喂，"王子说，"别那么蠢好不好；我们总不能为了一块手帕而迟到。手帕嘛，你要多少我就可以给你多少！"

"可是我要我自己的手帕，别的我都不要！那块手帕是我母亲替我绣的！"

"那么，快去快回！"

忠实的仆人从原路折回，他又找到了那个牧羊人，说："告诉我，牧羊人，不死的科什是不是你的主人？"

"是的。"牧羊人回答说。

"你对他忠实吗？"

"那当然。"

"你是不是要告诉他，你看见过我们？"

"当然要告诉他，这是我的责任。"

"你说得对。"忠实的仆人说。

他说完就把牧羊人杀死了。随后他又赶上了王子，王子问他说："那么，你找到那块手帕了？"

"是的，我找到了。"他说。

当他们来到城堡时，天已经黑了，只有一个塔顶的窗子里有亮光。忠实的仆人站在这个窗子下面叫道："向你致敬，人间少有的美女；三个母亲的女儿，九个祖母的孙女！"

窗子打开了，美女出现在窗口，说："是你吗，忠实的仆人？让王子在哪里？"

"他在这儿，在我旁边。"

"那么，让他骑在你的肩膀上，爬上来：这个房间没有门！"

忠实的仆人要王子骑在他肩膀上，随后从墙上爬上去；爬进房间以后，美女对他们说："你们到这儿来干什么？"

"我们来找你……"

"找我？不幸的人啊！如果我跟你们一起走了，不死的科什很快就会抓到我的！你们难道不知道他飞得比风还快吗？"

"那么我们就杀死他！"

"杀死他！不可能！他的死神被藏起来了，只有他一个人知道藏在什么地方。"

"那么我们把他的死神放出来！"

"你们怎么能找到他藏死神的地方呢？"

"你可以问他，要他告诉你。"

"对啊，这倒是个好主意，我明天问他。"

接着，他们吃喝了一些东西，睡觉了。天快亮的时候，美女来叫醒他们说："现在，你们藏起来；太阳就要升起，科什快要回来了。你们仔细听听他将说些什么。"

他们藏在床底下；几乎就在同时，科什像一阵风似的从窗口进来了。他一进来就到处嗅，并说："唑！唑！这儿有俄国人的味道！"

可是美女不动声色地回答说："是你身上有俄国人的味道！你大概在俄国上空飞过，衣服沾上了俄国人的味道……

你休息一会儿吧！"

"我很想休息一会儿，因为我很累！"

科什睡在床上，美女过来坐在他旁边。她拥抱他，抚摸他，一面问他："告诉我，科什，你的死神在什么地方？"

"你为什么要问我这件事情？"

"因为我太爱你了，我当然也爱你的死神！"

科什哈哈大笑，说："哈哈，这真是一个女人的回答；女人都是头发长，见识短！"

他笑够了以后说："好吧，我告诉你；你看见那儿有一只瓶子吗？把它打碎，我的死神就出来了！"

当天夜里，忠实的仆人打碎了瓶子，可是毫无用处：科什的死神不在里面。

第二天早晨，科什还是像往常一样从窗口回来了，他说："唑！唑！这儿有俄国人的味道！"

"是你身上有俄国人的味道！你到底到哪儿去过了，总是带来这股味道？……喂，你休息一会吧！"

科什睡在床上，美女拥抱他，抚摸他，一面说："告诉我，科什，你的死神在哪儿？昨天夜里，我把瓶子打碎了，它不在里面……"

听到她这么说，科什又大笑起来说："哈哈！女人总是女人！头发长，见识短！你真的相信了吗？"

"那么，它究竟在哪里？"

"它在那条在院子里打盹的胖狗的肚子里。如果有人杀了那条狗，它就出来了。"

当天夜里，忠实的仆人爬到下面院子里，把那条在院子

夏洛书屋·比波王子

里打盹的胖狗杀掉了。他剖开了它的肚子……可是科什的死神并不在里面……

第二天早晨，美女对科什说："告诉我，科什，你的死神在哪里？昨天夜里，有一个人杀了那条狗，可是你的死神并不在里面！"

这一次，科什笑得连眼泪也流出来了，他说："啊，女人，女人！你真的相信我有这么蠢，会把我的死神藏在狗肚子里吗？"

"那么它到底在哪里？"

"总而言之，"科什说，"我完全可以把这件事告诉你；藏我死神的地方，你是不可能去找的……好吧，你听我说：在大洋中间有一座岛，在这座岛的中央有一座山，在这座山的山顶上有一棵老橡树，在这棵老橡树的树根下面有一个洞，在这个洞里有一只狐狸，在这只狐狸的肚子里有一只母鸡，在这只母鸡的肚子里有一只蛋，我的死神就藏在这只蛋里面。"

夜幕降临时，科什飞走了。让王子向人间少有的美女告别，和忠实的仆人一起启程了。他们走啊，走啊，一天天过去了，一个个星期过去了，一个个月过去了（讲话要比行动快得多），他们带的干粮吃光了，开始挨饿了。一天，在森林深处，他们迎面遇到了一只大灰狼。让王子想杀死那只狼，可是那只狼突然开口讲起了人话："别杀死我，让王子！如果你把我杀了，你以后还是要挨饿的；可是如果你饶了我，我将帮你找到你要找的东西！"

"如果是这样，你就跟我们一起走吧。"让王子说。

他们继续往前走啊，走啊。只要是在森林里面，大灰狼就为他们打猎，捕捉小动物。可是在穿过一片大沙漠时，既没有猎物，也没有水了。一天，他们找到了一个老鹰窝，让王子想把几只小鹰杀了吃，可是老鹰也开始向他讲起了人话："别动手，让王子！如果你杀了我的孩子，你以后还是要挨饿的，可是如果你饶了它们，我将帮助你找到你要找的东西！"

"如果是这样，你就跟我们一起走吧。"让王子又一次这样说。

他们走出了沙漠，来到了大洋的岸边。有一只大乌龟睡在岸边的沙滩上。让王子想杀死它，可是乌龟也用人的语言对他说："别杀死我，让王子！我可以把你们大家都载到大洋中的岛上去！"

"行！"让王子说。

于是，乌龟把他们一行六个全都驮在它的背上：王子和他的马，仆人和他的马，大灰狼和老鹰。它游了很长很长时间，把他们送到了岛上。一到岛上，让王子很快便找到了那座山，那棵橡树和橡树下面的洞。可是他刚一看到那个洞，洞里的狐狸便逃走了；这时候，大灰狼便追上去把狐狸咬死。忠实的仆人把狐狸的肚子剖开，里面的母鸡飞走了！老鹰追上去杀死了它；可是在母鸡咽气的时候，它下了一个蛋，掉在了大海里！幸好乌龟把这一切都看在眼里，它潜到水里，找到了蛋，把蛋衔上来，随后它把大家驮在背上，游回了陆地。

让王子谢过了这些动物，随后他和忠实的仆人又回到了

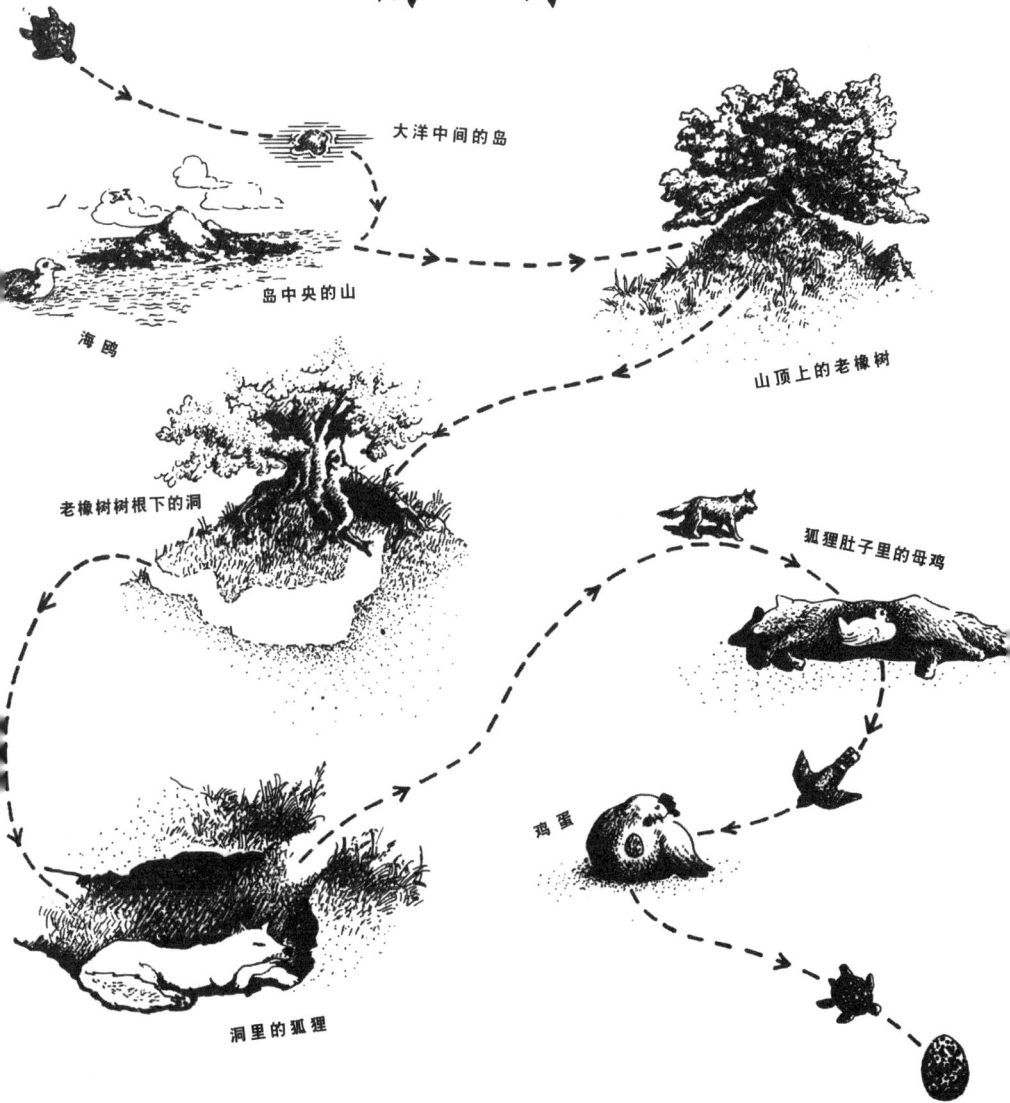

海 洋

大洋中间的岛

岛中央的山

海鸥

山顶上的老橡树

老橡树树根下的洞

狐狸肚子里的母鸡

洞里的狐狸

鸡蛋

（讲话要比行动快得多）科什的城堡里。

美女迎接他们，整个夜里给他们又吃又喝……可是这一次，到天快亮时，他们没有躲起来。

他们看到窗外的太阳升起来了，同时远处天际出现了一个黑点，这个黑点夹带着暴风雨的轰鸣声，越来越大……

科什像一阵风似的冲进了窗口，边嗅边说："咝！咝！"

可是他还没有来得及讲"这儿有俄国人的味道"，王子已经向他冲去，把蛋敲碎在他的额头上，可怕的魔法师立时倒地死去！因为他已老得不能再老，早就该死了，因此刹那间他就化作了一堆灰尘！

随后（讲话要比行动快得多），让王子和人间少有的美女，还有忠实的仆人，一起回到了莫斯科。

18
桌子和刀

"这个故事不是很美丽吗？"比波王子问。

"很美丽，"女店主回答，"可是很不幸，这个故事我也知道。现在你只能对我讲第三个故事了。你要好好想想，因为这是你最后一次机会！"

比波王子的脸色发白了。

"可是……所有的故事您都知道吗？"

"是的，所有曾经有人讲过的故事，我都知道。"

"那么，我，我还有什么办法呢？"

女店主微笑着说："我要是你，我就自己虚构一个；只要故事美丽，你就可以解脱了。"

比波皱了皱眉头。要虚构一个故事，尤其是要虚构一个像《忧愁》或者《不死的科什》那样美丽的故事，可不是一件容易的事情！更何况还要面对着这个女人当场虚构，那更是难上加难……王子考虑了一下，终于下了决心。

"我知道，"他说，"有一个新的故事，那就是我自己的故事。可是我不知道我的故事美不美。"

"你讲吧，我们讲完了再说。"客店女主人说。

于是，比波开始讲他的故事了。他把你们在前面已经看到的故事一五一十地讲了一遍。他讲了他父亲在睡梦中的旅行，孩子商店，以及他的出生。他又讲了小红马，沼泽地，火山和烈火的深渊以及如何从火山回来，还有已经变了样子的城堡，女巫和矮子。他也讲了女巫如何想杀他的小红马，结果却杀了矮子；他自己又如何把女巫砍成了二百五十六个小女巫（一个不多，一个不少），这些小女巫又如何又跳又叫地发出怪笑。最后他又讲了他如何逃走，如何来到了这个客店。

就在他讲的时候，这些事情一件件变得具体起来了。这些他曾经亲身经历过，自己并不理解，当时觉得如此荒谬，如此杂乱无章的事情，一件件又出现在他眼前，而且前后连贯，最后连成了一个故事，一个非常美丽的没有讲完的故事……

客店里所有的顾客，从他开始讲故事起几乎都没有瞧他，他们都痴呆呆地面无表情地注视着插在他们桌子上的刀，这时候却全都回头看着他。女店主自己也似乎听得入了神。比波王子现在又讲到了他如何进入客店，如何用餐，如何讲了前两个故事，随后是他现在正在讲的第三个故事……就在他快要讲完时，女店主笑着问他："那么……后来怎样呢？"

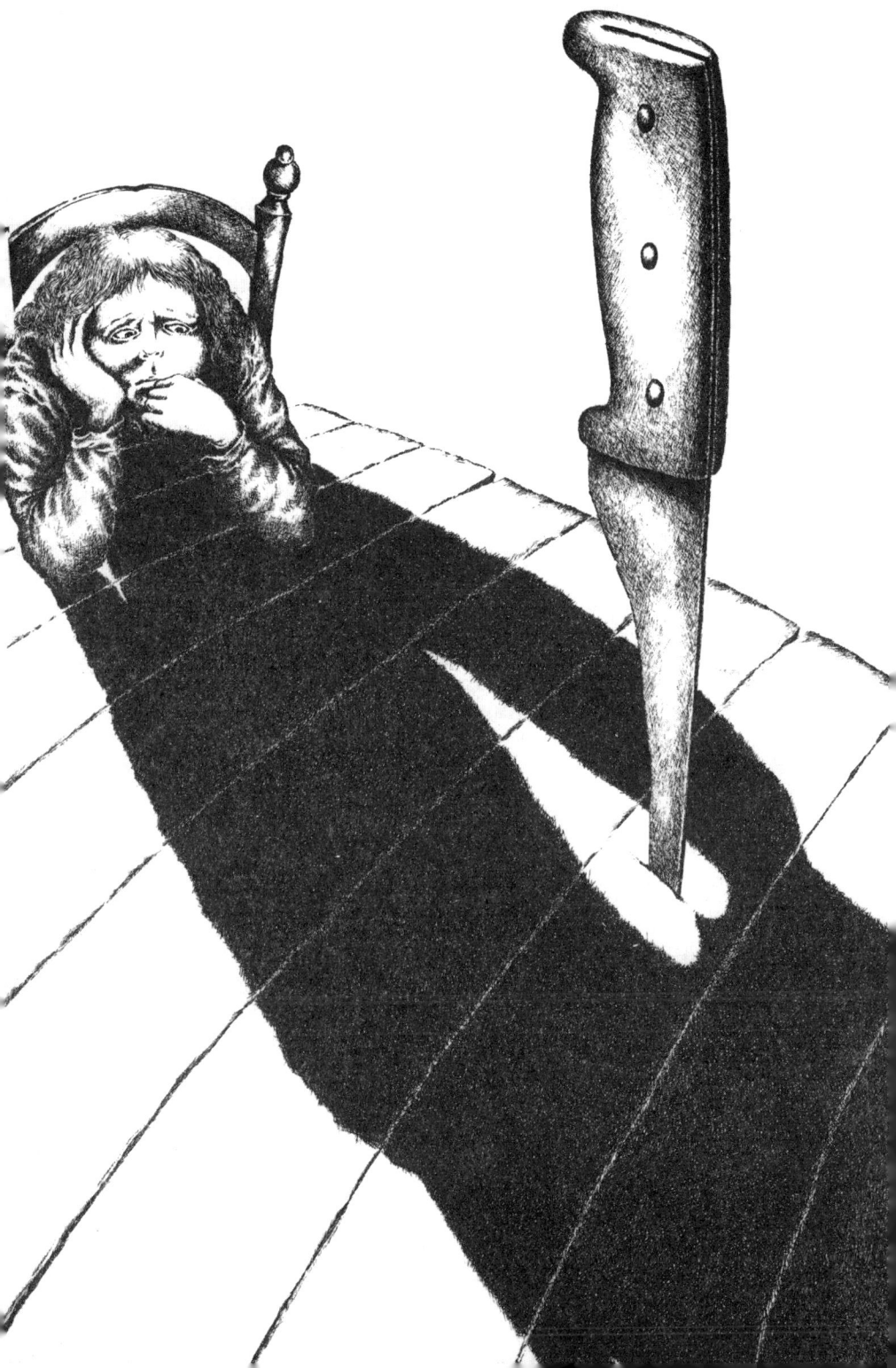

比波看看她，也笑了起来，他高兴地接口说："后来，女店主当然要问我后来怎么样，于是我，比波王子，在讲我现在讲的这几句话时，我抓住刀柄，轻轻松松地便把刀拔出来了！"

果然，比波在讲这几句话时，把刀从桌子上拔出来了。就在同时，他感到有一种剧烈的痛苦，就好像刚才的刀尖是插在他的心上一样。桌子上流出了鲜血；从桌面上的刀口里，悄然无声地流出一缕血，在粗糙的桌面上弯弯曲曲地流动着。

所有的顾客突然同时受到了启发，拔起他们自己桌子上的刀，欢呼着站起来，跑出了大厅。一分钟以后，这个客店里只剩下了比波和女店主两个人。女店主望望比波，眼睛里充满着泪水。

"原来就是你！"她说。

"谁，我？"

"原来应该来的就是你，我在等的，我们在等的就是你……因为在你得到解脱的时候，你也解脱了其他人，而且也解脱了我……"

"这究竟是怎么回事？"比波问。

"怎么回事？这非常简单。你刚才讲的故事不仅仅是你一个人的故事，也是刚才在这儿的所有顾客的故事，可是因为从来没有一个人讲过这个故事，他们就被囚禁在这儿。为了解救他们，一定得有人高声地把这个故事讲出来……这个人，就是你。"

比波高兴得脸也红了。

"天啊，如果是这么回事，我为大家感到高兴……可是请告诉我：如果我的故事真的和他们大家一样，为什么他们之中没有一个人在我以前讲呢？"

"因为没有一个人敢讲，"女店主笑着说，"他们既害怕又害羞。第一个讲这个故事的人非得是个敢作敢为的英雄。现在，他们都走了，我也要走了，因为我已经不再有孩子要看管了。可是在我离开这儿以前，我想要报答你。你大概已经看出来了，我稍许懂得点巫术。向我提三个问题吧，我可以回答你。"

"马上回答吗？"

"马上。"

"那么，我想知道我的故事的结局怎么样。也就是说，我的前途怎么样。"

"兵营，恶龙，火山。"女店主平静地回答说。

"这是什么意思？"

"我也不知道，可是我并不感到奇怪。预言即使是真的，也总是没有用处的。问第二个问题吧。"

"波比公主究竟有没有？"

"有的，她已经答应嫁给你了。"

"谢谢！现在我提第三个，也是最重要的问题：我的父母在哪里？"

这一次，女店主似乎有点儿为难；她抬起头来，用一种沉思和严肃的神态看看比波，随后她慢吞吞地说："听着，比波王子；你再也见不到你的父母了。你可以寄希望于任何事情；你什么都可以得到，但这件事却办不到。"

"如果我还是要为这件事祝愿呢？"

"别这样做，那是没有用的。"

"如果是这样的话，我还是要祝愿的！"比波王子高声叫道，"我希望，你听我说，我希望，我要重新找到我的父母，我的真正的、善良的父母，就像在我童年时候一样！"女店主笑了起来。

"至少，"她说，"你的想法是好的！那么，随你的便吧！我们以后再看结果吧！……既然这样，把这首诗记住吧：

当你从这儿出去的时候，
虚情假意的朋友将会听到。
你将成为国王，你将成为恶龙；
你将跃过火山。
所有这一切将如何结束，
白老鼠将对你诉说。

"什么白老鼠？"比波问。

"是大图书馆里的白老鼠。"

"大图书馆在哪里？"

"在从来没有人去过的国家。"

"那么我，我去那儿干什么？"

"你去那儿看一本叙述你一生的书。别再问我更多的事情了。特别要注意，要单独行路，要警惕虚情假意的朋友。现在，去找你的马，走吧。"

比波谢过女店主，站起来，告别以后就走出了客店。他的马等在外面，备着马鞍，套着笼头，全副新装，已经休息过了，显得精神抖擞。比波跨上马去，走出很长一段路，随后，他回头想最后再看一眼那个迷童客店……可是客店已经没有了。在大路旁边客店原来的位置上，只有一丛杨树；微风吹过，叶丛中响起一片悦耳的乐声。

19
虚情假意的朋友

比波王子和小红马比波在大路上走了很久；可是在走了
一个小时以后，小红马比波站住了。它把耳朵偏向前方，鼻
子里喷着气，开始在原地踩踏。

"嗯，你怎么啦？"比波王子说。

就在这时候，他看到一个全身穿着黑衣服的骑士挡着他
的路。比波想绕开他，可是这个黑衣骑士对他说："您好，
比波王子。"

比波看看他，感到很惊奇。那是一个英俊的小伙子，身
材高大、体魄强健，坐在一匹白马的背上。他五官端正，相
貌堂堂，神采奕奕；可是他动人的外表仿佛是一副面具，即
使在微笑的时候，他的眼睛里也看不出有任何感情的流露。

"您好，"比波回答说，"那么您是认识我的啰？"

“我当然认识您。我是刚才被您解救的客店里的一个顾客。别人都走了，可是我没有忘记您的帮助，所以我留在这儿，要为您做向导。”

“我很感谢您，可是我不需要向导。”

“向导总是需要的。”白马骑士说。

“喔，不！我想是不需要的……此外，女店主还对我说过，要单独行路。”

“她错了，”这个陌生人说，“首先，一个人如果单独行路，他就会迷路。其次，一个人从来也不会是孤独的，即使他自以为是孤独的。”

“您这是自相矛盾，”比波说，“既然没有人是孤独的，我不是更不需要您了吗？”

听到这些话，这个神秘的骑士从口袋里掏出一块很大很大的红手帕，盖在脸上。

“您感冒了吗？”比波问。

“不是的，我哭了。”对方说。

“您为什么要哭？”

“因为您不喜欢我。”

“这对您有什么影响呢？”

骑士抬起头来，他气得脸也红了。

“可是我喜欢您！”他嚷道，“我是您最好的朋友！”

“坦率地说，我不相信您的话，”比波老老实实地说，“我几乎不认识您……”

“可是我，我对您说，我是您最好的朋友！”

比波皱皱眉头，看看这个陌生人……他的眼睛干涩，毫

无表情，他的眼皮眯缝着，仿佛他的眼睛在笑。

"为什么您的眼睛在笑？"王子好奇地问。

这一下，陌生人生气了："我的眼睛根本没有笑，恰恰相反，我的眼睛在哭！您不接受我的友谊吗？"

"不接受。"比波说。

"您要当心，我要报仇的！"

"您自己也很清楚，"比波笑着反驳说，"如果您真是我的朋友，您是不会讲这种话的……"

陌生人又平静下来了，他重新露出了微笑，可是他的眼睛在说谎。

"请原谅我，"他说，"这是我强烈的友情引起的。我只求您一件事情，请考验我。您不是在找您的父母吗？"

"是的，我在找他们。"

"那么我，我知道他们在哪里。"

比波愣住了。他的心怦怦地直跳，问道："您确实知道吗？"

"确实知道。"

"您可以带我去找他们吗？"

"只要您愿意，马上就可以去。"

"远吗？"

"不，不太远。走几个小时就到了。"

这一下，比波所有的戒心都烟消云散了。他喜欢上了这个第一次遇见的人，他相信了他的话，准备跟着他走……他们就一起走了。

可是他们的两匹马却不怎么和睦。它们侧目相视，不肯相互靠近，还经常露出挑衅的神情……

"您的马脾气不太好。"骑士说。

"真怪，"比波说，"我从来没有看到过它像现在这副样子。可是，您的马看上去好像也不太驯服……"

"您这是说到哪儿去了？"骑士回答说，"我的马非常温和，是您的马在惹它！"

比波不再争辩下去。他知道自己没有错，可是他没有回答，因为他不想惹他的新朋友不高兴。他换了一个话题："那么现在请告诉我：我的父母在哪里？他们究竟遇到什么事情了？"

他朋友的脸又拉长了，说："别向我提问题。到了那儿您便知道了。"

"那儿是什么地方？"

"在 R．P．T．。"

"R．P．T．是什么？"

"就是专制人民共和国。就像这个名词所指出的那样，在那个共和国里，所有的人都是国王。专制这个词在希腊文中的意思就是国王。全世界所有的国王都在那儿，您父亲是国王，不是吗？"

"是的。"

"那么，您当然会看到……"

就在这时候，两匹马突然张开大嘴面对面直立起来；两位骑士好不容易才使它们平静下来。这件事刚一结束，黑衣骑士便对王子说："您应该把您的马杀掉。"

"那怎么行！"比波回答。

"至少您要揍它一顿。"

"我从来不打它，我今天当然也不想破例。"

"您爱它胜过爱我，我看得很清楚……"骑士语气辛酸地说。

"这是很自然的，"比波说，"我们是一起长大的，小红马是我父亲给我的。"

骑士咬咬嘴唇，没有回答。

半个小时以后，大路分成了两条。右面那条路边挂有一块字牌，上面写着：

左面那条路边也挂着一块字牌，上面写着：

所有人都去的国家

骑士向左面那条路走去，可是这时候比波想起了女店主的话；他说："请原谅，我要走右面那条路。"

"右面的路？为什么？"

"是女店主对我说的……"

"谁？女巫？如果您相信她的话……"

"可是……"

"喂，"骑士说，"您好好想想：右面那条路通往从来没有人去过的国家，如果从来没有人去过，那您也不用去，这不是明摆着的事吗？"

"这我倒没有想到。"比波说，他陷入了沉思。

"幸好我在这儿，可以告诉您！左面这条路通往所有人都去的国家。如果所有人都走这条路，您当然也走这条路！"

"嗯……"

"您好像还不太相信……喂，请相信我吧！"

黑衣骑士一面说一面伸手抓小红马比波的缰绳，小红马回过头来要咬他。骑士急忙把手缩了回去。"我保证，"他嚷道，"您的马发疯了！喂，现在您跟我走吧，别再争了！"

比波王子觉得有点不好意思，他制服了他的马，随后，为了替他的马的冒犯行为表示歉意，他一声不吭地跟在他朋友后面走了。

20
在国王之国

几小时以后，他们来到了一个地方，大路到这儿被一条用厚厚的柏油画的虚线划开了；这条虚线就跟地图上的国境线差不多，不过要粗得多。

"我们到了，"黑衣骑士说，"把您上衣的扣子扣扣好，把领子翻起来；因为这个国家非常冷。"

比波扣好了他上衣的扣子，翻起衣领；随后两个骑士穿过了国境线。他们刚一穿过国境线，便觉得一切都变了样——

在他们刚离开的那个国家里，天气是那么温和而美好，时间是傍晚六点钟……而这儿恰恰相反，天色昏暗，寒风凛凛，时间是一大清早。

比波问他的伙伴："这儿就是国王之国吗？"

"是的，"他的伙伴回答说，"我们就在这个国家里面。

现在我们要赶快走。"

两匹马小跑着，灰蒙蒙的天下起了小雪。大路一直往前延伸，无穷无尽，穿过一望无垠的黑色田野。这儿那儿可以看到一群群扛着农具的农民；他们像士兵一样迈着整齐的步伐，唱着节奏强烈的歌。

"这些是什么人？"比波问。

"他们都是国王。"年轻人回答说。

"他们为什么要齐步走？"

"因为他们喜欢这样……"

"我，我可不喜欢，"比波说，"一点儿也不喜欢。"

骑士没有回答。没过多久，他们两人走进了一座大城市；这座城里有很多高大的房子，巨大的广场和一条条种着四排树的宽阔街道。黑衣人骑着马走在比波前面，他好像很清楚自己要往哪儿去，比波几乎跟不上他。比波急于重新见到他的父母。他们终于来到一座黄色的、肮脏的、死气沉沉的大房子前面。黑衣人站住了。

"就是这儿。"他说。

"我父母在这儿吗？"比波问。

"是的。"

"唉，可怜的人！他们住在这样的破房子里！我可以马上见到他们吗？"

"我们进去！"

他们下了马，牵着缰绳，穿过这幢房子的车马大门。一个守门的全副武装的兵士突然问道："什么事情？"

"一个志愿兵。"黑衣人回答说。

"进去吧。"

进门是个大院子，四周是有着宽大窗户的巨大高楼。这时候又有一个士兵过来查问他们。这个士兵的袖子上有一个八字形饰绦，他问："什么事情？"

"是我一个朋友，中士，"年轻人又一次回答，"一个来找他家属的小伙子。"

"很好，"中士说，"他马上就会找到的。"

"真的吗？"比波高兴极了，问道，"我的父母在这儿？您能肯定吗？"

"当然，"中士说，"我这就带你去见他们。"

随后，中士又回头对穿黑衣服的年轻人说："至于你，你可以走了；再替我带几个来。"

"好，再见。"年轻人说。

"再见，谢谢！"比波满怀感激地说。

"没有关系。"年轻人说过以后便走了。

"请跟我走。"中士说。

这个中士待人很亲切，还喜欢开开玩笑。他不停地讲，几乎每一句都带有一点儿刻薄或是玩笑的意味。首先，他把比波带到安置小红马的马棚里；又把他带到一个办公室里，要他在两三份文件上签了字；随后，再把他带到一个大商店里，要他试穿一件制服。比波对此感到很奇怪，中士嘻嘻哈哈地告诉他说："这是一套国王的制服。穿上吧，别害怕。所有到这儿来的人，都会得到这样一套免费供给的衣服。"

"真是太客气了，"比波说，"我真是受之有愧。"

接着，中士又给了他一只国王用的大盆，一只国王用的汤匙，一把国王用的叉子，一只国王用的平底大口杯，还有一只国王用的大旅行袋，里面装着两条国王用的被子；最后他把比波王子带到一个国王住的大卧房里，卧房有二十来张铺着草垫的国王睡的床。

"你现在到家了，"他说，"这是你的床和柜子。把你的东西整理一下，随后等别人来。"

比波睁大眼睛问："可是……您不是对我说过我会找到我的家庭？"

"你的家庭，就是军队。"

"可是我的父亲呢？我的母亲呢？"

"你的父亲，就是国家；你的母亲，就是祖国。你是士兵。再见。"

"不，我不是士兵！"比波气愤地嚷道，"我要离开这儿。"

"不，"中士说，"这不是真的，你并不想走。"

"不，我要走！谁能阻挡我？"

"你自己。"

"可是总之，我不是自由的吗？"

"就因为你是自由的！一个国王的愿望只能和其他国王的愿望一样。真正的自由就是：自由地希望得到别人希望得到的东西。所以说，你是愿意留在这儿的！"

比波王子几乎不相信自己的耳朵。他还是第一次听到有这样推理的。他接着说："总之，我也不愿意再争了；我希望离开这儿，我必将离开这儿，我讲完了。"

可是这一次中士不再开玩笑了。他走过来，盯着比波看。

"你什么时候都可以试试，"他说，"可是我预先告诉你：如果你想逃跑，你也许会遇到一些非常非常不愉快的事情！"说完他就走了。

比波垂头丧气地在他的铁床上坐了下来。

"我早该想到这件事了，"他心里寻思着，"所有的人都是国王的国家，也就是所有的人都是奴隶的国家。"

21
恶龙塔拉皮斯特拉孔

一个星期以后，比波打定了主意。

"好吧，"他心里想，"既然我不得不留在这儿，我至少可以利用这段时间学一些对我有用的东西。"

不过，他并没有屈服；他只是在等待逃走的有利时机，每天晚上睡觉的时候，他总是在想他的父母；他希望得到自由，可以再去寻找他们。

整个冬天就这样过去了。比波王子学会了打仗，拆卸、装配和使用武器。他同时学会了长途跋涉，辨别方向，忍受酷热、寒冷、风雨、饥饿和干渴。他学会了指挥、服从；在需要的时候，他也可以担任一个职务。

春季里有一天，上校把所有的人都集合在院子里，并高高兴兴地对他们说："现在，孩子们，我们将一起出发去和

116

恶龙塔拉皮斯特拉孔作战。请在一个小时以内作好准备。”

队伍解散以后，比波向他旁边的人说：“什么恶龙？”

“什么？你连恶龙塔拉皮斯特拉孔也不知道吗？”

“不知道。”

“你没有看过报纸吗？”

“没有。”

“小伙子们，你们听到了吗？这个人连恶龙塔拉皮斯特拉孔也不知道！”

顿时引起哄然大笑，所有的人都嘲笑比波的无知，可是没有一个人对他作哪怕是三言两语的解释。

一个小时以后，铃响了。士兵们背着背包又下楼跑到院子里。大家都骑上了马，比波骑的当然是小红马；军队出发了。他们穿过广阔的平原，来到一座山下。在夜幕降临时，上校命令全体士兵在一片由群山组成的高地下面休息。这片高地荒凉凄怆，这儿那儿长着几棵仿佛不愿意长大的发育不良的小树。骑士们下马，支起帐篷；吃过晚饭以后便睡下了。

一躺到床上，比波问和他睡在同一个帐篷里的伙伴：“你是不是可以和我说说这条该死的恶龙究竟是什么东西？”

“这条恶龙，”他的伙伴回答说，“它是我们共同的敌人。它呆在那个高地上，从来也不出来。所有来攻击它的人都被它活活地吞吃了。”

“既然它从来不离开它的高地，为什么要来攻击它呢？为什么不让它安安静静地过它的日子呢？”

“唉，这是不可能的！它是我们共同的敌人！”

比波还是不懂；不过命令是不容讨价还价的。眼下的命令就是要大家睡觉，他很快便睡熟了。

在睡梦中他听到了一支奇妙的歌曲，那是一支非常凄凉、非常动人的歌曲，听到的人都会不由自主地流出眼泪，坐在那儿一直听到世界的末日。这支歌，在比波的梦中，是一支龙之歌。那是一支非常长的没有歌词的单调的歌曲；可是尽管没有歌词，比波却完全能听懂，就好像他自己就是那条在唱歌的龙。

龙唱的这支歌的意思是，它很痛苦，它因为自己凶恶而感到痛苦。它很想停止作恶，可是身不由己：它必须屠杀，它必须喷火，它必须烧杀来到它面前的一切……可是歌中又说有人可以救它。如果有一个年轻人心里不怀任何怨恨地走近它，这条龙就可以得到解脱，比波在梦中听到这一切，哭了。他一面哭一面在心中唱道："龙啊，可怜的龙；我喜欢你，我同情你。但愿我能到你那儿去，为你解除痛苦。"

他唱着唱着又醒了过来。他真的哭了，眼睛里还在流泪。他感到他的头发上吹来了一阵温热的气息；原来是小红马比波挣脱了缰绳来找他了。

"你在这儿干什么？"王子问。

小红马昂起头来，仿佛在倾听着什么；比波王子也在听。龙的歌声还没有消失，始终可以听到，可是这种歌声仿佛来自远处，很轻很轻，几乎难以觉察，但是越来越悦耳动听了。

"管他呢，我要去。"比波想道。

他知道没有上级的命令擅自离营是违反条例的，可是他希望能得到宽恕。他想："如果我去了以后，龙不再攻击人了，那么我对这个国家就立了功……也许他们还会同意我离开这里，让我继续去寻找我的父母……"

于是他跨上马鞍，悄悄地走了。兵营里一片平静，哨兵睡着了，一切似乎都在帮助他逃走。他骑着小红马慢慢地登上了那片由群山组成的高地，这片高地在月光下闪闪发亮，通向一个山口。小红马像一匹山中的骡子一样安详地在一堆堆崩塌的岩石中间径直往前走去。他们越往前走，龙的歌声也越近。

就这样走了一个半小时以后，小红马在一个山顶上站住了，它不愿意再往前走了。

22
好心得恶报

时间是清晨。比波向四处看看，看到他前面地上有一块巨大的洼地，那是一个群山中的圆谷，四周是高低不一的阶地，就像一个已经毁坏了的圆形剧场。在圆谷深处有一大片绿草地，中间有一个大湖。离湖不远处有一堵石墙，墙上有一个大洞，洞前地上趴着一条怪兽，它像一条狗一样后腿分开，脑袋靠在两只前爪上。比波看到的就是那条龙。这条龙闭着嘴，却在唱着它那支凄凉的歌。

比波善心大发，下了马，面朝圆谷的谷壁，手脚并用地爬下阶地，向那个湖的方向爬去。这样爬是很危险的，他爬了很长时间；他步步留神，胆大心细，最后终于爬到了谷底。一踩到谷底的地面，他便回过身子，面对那个洞口，轻轻叫道："塔拉皮斯特拉孔！塔拉皮斯特拉孔！"

龙中断了唱歌，抬起头来。比波向它走去，伸出没有拿任何武器的双手，嘴里不停地讲着："别怕，塔拉皮斯特拉孔，别怕，可爱的龙！我听到你的歌声，我懂得你内心的痛苦，我来救你了……"

　　突然，这条龙站了起来，它的鳞甲沙沙作响，嘴里发出一声低沉的吼叫，从它的鼻孔里喷出两道细小的橘红色火焰。它锐利的爪子抓挖着土地，它那青灰色的背脊在摇晃，它那巨大、笨重而壮实的尾巴卷了起来。

　　"我喜欢你，塔拉皮斯特拉孔，我不怕你，我是来帮助你的。应该为你做些什么事呢……"

　　可是比波来不及再说下去了。这条龙用后脚直立起来，露出了它黄色的肚皮，它开始吼叫，一面从嘴里喷出一大片橘红色的火焰，随后飞快地向前猛冲过来。

　　比波立即扑倒在地上，并向旁边滚去。这条怪兽像火车头一样擦着比波的身体冲了过去，随后它拐了一个大弯，又喘着粗气冲了过来；这样一只体重惊人的怪兽，动作竟然这样灵活，真是使人难以置信。

　　比波这时候明白了，他必须自卫，为自己的生命作斗争。这条龙也许真的很痛苦；在它内心深处，也许真的在为它的凶恶感到悔疚——可是更加真实的现实情况是，眼下它唯一的想法就是要杀掉他。不能再考虑那些悦耳的凄凉歌声、悔疚和叹息了！王子现在面对的是一只残酷无情的肉食兽。

　　幸好比波手里虽然没有拿武器，却没有忘记系上军用皮带和带上手枪。他从枪套里拔出手枪，欠起身子，向正在冲过来的怪兽张着的大嘴里放了一枪；随后他作出最后一次努力来避开它——可是已经来不及了。一大团火焰把他包围起来，在他耳边呼呼作响……比波把头钻进草丛里，趴在地上，最后还自言自语地呼叫了两声："我要活下去！我要活下去！"

他晕过去了。

在他重新睁开眼睛时，天已经大亮了。他下巴着地，直挺挺地躺在地上，只觉得身子沉重，精疲力竭。他用尽了力气才勉强抬起头来……一个年轻人站在他前面；这个年轻人目光温柔地看着他，并对他说："谢谢你，勇敢的外国人。亏了你，我得到了自由；而你，你却要代替我的位子。这是惯例，我也无能为力：杀死龙的人自己要变成龙，一直到另外有个人来杀死他、解救他。现在轮到你来唱这支哀伤的歌，并呼唤你的解救者了。再见，再一次向你表示感谢；要勇敢，要有耐心！但愿你别等得太久……

讲完这些话，年轻人行了一个礼以后便走远了，消失了。比波还没有完全清醒，也不知道这个年轻人讲的话是什么意思。他张嘴想叫："喂，回来，请您讲讲清楚！"

可是他讲的已不是人话，而是发出了怪兽的吼叫，与此同时，他的嗓子里冒出了一股火焰。他想站起来，可是他站不住，又摔倒在地。他看看他的手，可是他已经没有手了，而是两只巨大的、灰色的、布满鳞片的、有蹼的巨爪；三根巨大的手指上长有土耳其弯刀般的利爪……比波这时候才懂得了年轻人刚才讲的话：他变成龙了。

他困难地站起来，到小湖边去饮水。他渴得很厉害，觉得冰冷的湖水很可口。就在他喝水的时候，他又恢复了力气，他感到自己变得灵活起来了，变得凶狠狡诈起来了，内心里滋长出一种想粉碎人的肉体，喝他们血的欲望。这种残酷无情的侵略性使他自己也感到害怕。

"我变得这么凶狠，"他想，"这可能吗？"

随后他觉得有点儿困。他向洞口爬去，侧躺在岩石的阴影里，笨拙地打了个呵欠，发出巨大的呼噜声，最后他睡着了，希望在他醒来时，一切都会有所改变。

23
恶龙比波

他突然惊醒，抬起了长脖子上的脑袋。他刚才听到一种奇怪的声音：一种轻微的、隐隐约约的、密密麻麻的、遥远的并带有威胁性的声音；一种很多人在行进、在静悄悄地逼近过来的声音。同时，吹来的风带来了一阵阵气味：这是马的气味，那是人的气味，还有军队中使用的皮革和被褥的气味。这时候比波明白过来了：他原来所在的那支军队在进攻，他过去的伙伴来杀他了。

可是这个念头没有使他受惊，他还幸灾乐祸地微微哆嗦了一下。

"这些倒霉鬼啊，"他心里想，"他们不知道他们在干些什么，也不知道他们攻击的是谁！可是他们就会知道的！"

恶龙比波开始行动了，他一面走一面发现了一件事情：

如果他作为王子比波不熟悉这儿的地形，那么他作为龙却完全清楚。只要对他听之任之，相信他的记忆，相信他的机智，相信他丰富的战斗经验就行了。他悄悄地小跑到山谷入口处，潜伏在一大块崩塌的岩石后面。

他躲在那儿等待着，听着，嗅着。那个声音慢慢地过来了，清晰可辨了：人的走路声，马蹄的嘚嘚声，车轮的吱嘎声，甚至还有人畜的呼吸声。同时，气味也多起来了：汗水的味道，蜡的味道，铁的味道，刚拉下的粪便的味道，毛发的味道，脂肪的味道……这一切比波都感觉到了，他嗅着，感受着。他的思想跟随着这支纵队的每一个行动，他可以凭他的本能确切地知道这支纵队的首尾在哪里，有哪些人在行进，有哪些人在拐弯以及他们所走的道路……

他没有估计错：这支纵队绕着圆谷前进，随后从和比波潜伏处相对的山口进入。恶龙比波淌着口水，不耐烦地跺着脚；他由于欲望、高兴和仇恨而浑身发抖。

"他们以为我睡着了，"他得意地想，"他们从那儿来，他们将从这儿出去；当他们出去的时候……"

只差十米了，只差五米了……纵队前面几个士兵出现了，开始爬下圆谷。比波舔着嘴唇看着他们继续往下爬。

当他看到这支军队已经全部落入了他的圈套以后，突然从藏匿的地方跳出来，爬到谷顶，在离后卫部队几米远的地方狂笑着用后腿直立起来。

这种笑，在他的嗓子里，变成了一种混杂着火焰和唾沫的低沉的咆哮声。整支纵队的人畜顿时吓了一跳。马儿尥蹶子，直立起来，四散奔逃。士兵们纷纷落马，有的摔倒在地，有的推推挤挤地拥向路边，手里拿着武器躲在石头后面或者岩洞里；只有几个人在混乱中被当场踩死了。

比波没有立即开始进攻。为了细细地品味他的成功，他等待着第一批射来的子弹，这些射向他胸脯、肩膀和脸上的子弹都撞得粉碎。经过五分钟猛烈的射击以后，他的愤怒也达到了顶峰；这时他把身子左右摇晃了两三次，开始攻击。他厉声吼叫，从鼻孔里喷出的两道火焰往前冲去。

这时候的情景真是可怕极了。恶龙比波冲来冲去，转身，撕咬，用身子压，用尾巴抽打，在地上打滚。那些士兵有的在射击、跳跃、跌倒、爬行、奔跑、打转，有的在流血，有的被压成肉酱，有的在燃烧，有的在喊叫，有的在慢慢死去。

十分钟以后，枪声已经听不到了。有几个士兵逃出了谷口，但是大部分人仍留在谷底。恶龙比波冲来冲去，焚烧，撕咬，杀死伤员，嚼碎一个脑袋，扯碎一个肢体，舔食洼地里的鲜血和脑浆……

这天夜里，比波吃掉了所有的死人。第二天，他又吃了几个剩下的伤员。以后几天，他又追捕所有那些分散在圆谷里的马匹，把它们一匹一匹地吃了个精光。他变得又肥又胖，越来越嗜杀成性。一天早上，他看到远处山顶上有他熟悉的小红马的身影，他已经变得那么凶残，甚至差一点对他的爱马发起攻击。

一个星期以后，他把所有的人和马都吃光了。恶龙比波为了补充营养，不得不开始吃草。这对他来说是不够的：他渴望鲜血和屠杀。幸好半个月以后，又有一支新的军队来攻击他，这又给了他一个星期的口粮。

整个春天就这么过去了。比波孤零零地生活在小湖旁边的草地上，隔绝在群山之中，他是完全孤独的。只要一有可能，他就残害生灵，吃掉所有来到他那儿的人畜。可是在傍晚的月光下，他有时候也会感到痛苦，残酷的本性会暂时平静下来。这时候他就蜷缩在圆谷入口处长吁短叹地自言自语："我怎么会变得这么坏？这究竟是怎么一回事？这样的情况要持续多久？这对谁、对什么有好处呢？喔，让他来吧，让他快来吧；这个要杀死我的人，这个来解救我的人；可是这不是我所能决定得了的。希望他别害怕，尤其重要的是他要打得坚决打得狠，即使真的把我打死了我也心甘情愿，总比现在这样好！"

夜里，当月光照耀在静寂的群山上时，比波就这样哭着。而这种悲鸣，在这头怪兽的喉咙里，就变成了一支歌，一支奇特而动听的音调优美的歌。

现在轮到比波来唱龙的悲歌了。

24
解脱

春去夏来。一天清晨，比波还躺在圆谷入口处的小湖旁边熟睡。他的鼻子搁在他两只前爪上，每次呼气时，他的鼻孔里都要喷出一道短短的橘红色火焰，后面跟着一股黑烟。

比波在睡，在做梦。他梦见自己不再是恶龙，也不再是王子了。他梦见自己是一只鸟，在一个奇怪的地方的上空飞翔。在这个国家里，石头会像植物一样生长；石头长成岩石，岩石变成高山。高山生下一个个小石块，随后小石块也一个个长大了，而年老的山慢慢地风化了，下陷了，死亡了。

稍远一些，比波发现有一座森林。这座森林里的树像野兽一样会活动。它们扭曲、晃动、从一个地方跳到另一个地方，有时候还会相互打架。

再远一些有一座城堡，那是一座用已死的石块砌成的城堡。可是这些石块好像也在动。比波拍打着翅膀飞过去，飞到城堡前面，他知道是自己看错了：不是城堡在动，而是城堡四周的空气在动。一些武装人员包围着城堡，他们撞破门，打碎玻璃窗，长长的火焰从几扇砸碎了的窗子里蹿出来。城堡在燃烧。

比波再向前飞去，他似乎觉得他应该进入城堡。在这只大火炉里面，有人在等他，有人需要他。尽管他很害怕，他还是冲进了一扇开着的窗户，飞到一座烈火熊熊的大楼梯上面，浓烟像在烟囱里一样往上直冒。比波听任自己被热浪托到三楼。他进入一条走廊，有一个小姑娘惊慌失措地向他奔来。她咳得气也喘不过来，眼睛里全是泪水。她东奔西跑地想找一个出口，一面哭一面哀叫着："比波王子，比波王子，救救我吧！"

看到她那头金黄色的长发，比波就认出了她：她是波比公主，他的未婚妻。他开始叫道："是我，我在这儿！我来救你了！"

小姑娘向他转过身来，摸索着跟随他。他飞在她前面，往空荡荡的走廊里飞去，一面不停地叫着："我来救你了！我来救你了！"

就在这时候，恶龙比波醒了；他听到有一个温和而胆怯的声音在重复他刚才梦中的话："我来救你了！我来救你了！"

比波抬起头来，天已经完全亮了。在离他几步远的前面，有一个空着手毫无防备的年轻士兵孤身一人向他走来。

"别怕，塔拉皮斯特拉孔！别怕，可爱的龙！我来救你了……"

看到这个自己送上门来的猎物，恶龙比波又变成了凶残的野兽。他把什么都忘了：他的悔恨，他的忧伤，他想一死了之的愿望；他甚至连波比公主也忘记了。他现在只想杀死这个有生命的东西。他激动地站起来，咆哮着，摇摆着身子，跺着脚，为了摆脱麻木状态；随后他向那个年轻的冒失鬼冲去。年轻人惊叫一声，倒退了几步，滚到一边去了。

比波冲过了头，超出几米远；随后他收住步子，掉过头来往回走，他看看、嗅嗅……可是年轻人不见了。

比波既失望又愤怒，开始搜索。他奔到这儿嗅嗅，跑到那儿闻闻，一面在心里骂着："小傻瓜！他非但杀不了我，而且不让我把他吃掉！但愿我能抓住他就好了！我不会满足于把他生吃的！我要把他烧死，把他砸烂，把他撕碎！"

他正在这样想的时候，突然听到有一颗石子滚动的声音，他回转头去，直起身子……年轻人就在那儿，他想沿着一道石壁爬上去。比波张开大嘴，轻轻地咬住他裤子的后裆，稍一用力，便把他从他抱住的岩石上拉了下来。他把年轻人放在自己面前，用一只爪子扶着他，向他喷去一缕缕细小的蓝色的火焰……

年轻人叫喊着，扭曲身子，拔出了手枪……比波一看见他拿出了武器，马上张大嘴巴，想向他的敌人喷一口大火……可是枪声立即就响了。他感到喉咙里一阵剧痛，滚到了旁边清凉而又软绵绵的草地里。

当他恢复知觉时，他又恢复了人形。恶龙躺在他前面的地上，像死了一样。比波王子站起来，看看自己的手和身体，满心喜悦地松动了一下浑身的肌肉。他又有了人的感觉，变得富有同情心。

这时候，那条恶龙慢慢地醒来了。两只巨大的眼睛微微睁开，眨巴着；两只猫一样的瞳孔向年轻的王子投来一种模糊的、慌乱的眼神。这时候，比波心中充满着爱，恭恭敬敬地向这只怪兽行了一个礼，对它重复了那几句他还没有忘记的话："谢谢你，勇敢的外国人。亏了你，我得到了自由；而你，你却要代替我的位子。这是惯例，我也无能为力：杀死龙的人自己要变成龙，一直到另外有个人来杀死他、解救他。现在轮到你来唱这支哀伤的歌，并呼唤你的解救者了。再见，再一次向你表示感谢。要勇敢，要有耐心！但愿你别等得太久……"

随后他又行了一个礼，转过身去，走了。小红马在离他几步以外处等着他。王子骑上马去，从小路走上谷顶。到了那儿，他又回头最后看了一眼那个群山中的圆谷……那条灰黄色的恶龙慢慢地爬向湖边，下巴浸到蓝色的湖水里，大口大口地喝水。

25
大图书馆

　　从山上下来以后，比波马不停蹄地走了整整一天，只想尽早离开专制人民共和国。他恨自己浪费了这么多时间，下决心不再受到诱惑。他一面策马小跑一面自言自语地咕哝起来："我要夺回损失的时间，在今天傍晚以前，我也许会找到我所寻找的人。我要夺回损失的时间，在今天傍晚以前，我也许会找到我所寻找的东西……"

　　去吧，比波王子；去吧，我年轻的好心人！你已经经受了长期而可怕的考验。你一定要懂得弄虚作假，要懂得仇恨；你虽然已经流过血，可是你仍然非常纯洁。现在你要有信心，因为世界上最美好的财富必将属于像你一样的从来不愿意自欺欺人的人！

中午稍过，比波王子来到一座森林前面停住了，因为他在考虑是否要穿过去，这时候他的眼光落到了斜插在地上的一块破旧的字牌上面，这块褪了色的摇摇晃晃的字牌已经被虫子蛀得不像样子了。他走过去看了看，有一支箭指着一条小路；箭下面依稀可以看出这几个字：

从来没有人去过的国家

比波高兴得哆嗦起来，他的心开始狂跳；他策马向森林冲去。

开始时路很难走，有些挡道的树枝妨碍他的行动，他不得不跳下马来，弯着腰，绕着灌木丛走……慢慢地，小路变得开阔起来了。那是一条长长的通道，两旁长着一些参天巨树，它们的树枝在高空中交织在一起。这个地方就像一个充满阳光的绿色的大教堂，有尖形的拱穹和高大的黑色柱子。在这条路的尽头很远很远的地方，似乎地上冒出一只风向标。比波策马狂奔，马蹄踩在地上发出像击鼓般的声音。随着他越跑越近，风向标也逐渐升高，接着他看到一个石板屋顶，随后是一扇窗，随后又是一扇。最后，王子来到了森林的最后一公里，他跑出了森林，突然出现在一片宽阔的原野上面，前面有一条河，河对面是一座巨大的城堡。

比波越过了河上的小木桥。城堡的大门开着，里面是一个院子。年轻的王子大声叫道："喂，有人吗？"

没有回答。他又叫了一次，随后又再叫了一次……没有人！他耸耸肩膀，走进了大门。他一走进去，便听到有人问他："喂，您去哪儿？"

那是一个突然出现在几步以外的老妇人，很难想象她是从哪儿出来的，也不知道她是怎么来的。

"请原谅，"比波王子说，"我在找大图书馆。"

"就在这儿。"老妇人说。

"我想查阅一下有关我一生的那本书。"

"就在这儿。"

比波很高兴。他等待老妇人告诉他该怎么办。可是老妇人一动也不动，什么也不说。

"请原谅，"比波又说，"您能告诉我，我该去哪儿吗？"

“就在这儿。”老妇人还是这句话。

随后她不再吭声了。

比波耸耸肩膀，继续往前走去。他还没有走出三步远，老妇人又叫住他问道：“喂，您去哪儿？”

“我已经告诉过您，老太太，我要去图书馆！”

“那么您的马呢？您难道想教它读书吗？马是不准进图书馆的！把它系在这儿！”

她把一对砌在墙上的铁环指给比波看。比波把缰绳系在铁环上，随后他向老妇人行了一个礼，继续向院子里走去。可是这个老太婆还是不让他进去，问他说：“喂，您去哪儿？”

这一次比波气得脸也红了，他尽量彬彬有礼地、语气温柔地回答说：“请原谅，老太太，我想您已经知道了：我要去图书馆……”

“穿着这套制服吗？您不知道穿制服是不准进去的吗？把您的衣服脱了！”

比波脱下了他的国王制服。老妇人拿过去，把所有的口袋都搜了搜。她从里面拿出了一支铅笔、一本小册子、一只空的钞票夹和一只小钱包，小钱包里有几枚在专制人民共和国领土上通用的硬币。老妇人讥讽地问道：“这些都是您的吗？”

“是的。”

“您一定要保留这些东西吗？”

“不，根本没有这个想法。”

“幸好如此，”老妇人说，“因为无论如何，我是不会把这些东西还给您的。现在，您去吧。”

讲完这句话她就消失了，也不知道她是如何走掉的。

比波穿过院子。在他面前有五六级台阶通向一扇玻璃门。在这扇门的上方，有一块镌刻着下面几个字的石头：

大图书馆

比波走进门去，里面是一个很大的门厅，门厅里有一座仿佛是直插天花板的漂亮楼梯。他踏上楼梯，走到二楼，通过一扇雕花的橡木门，里面是几个一间间相通的大厅。每个大厅都有一扇扇玻璃大窗户取光，里面放着一排排装满着书的、高达天花板的书架！有几把小扶梯是用来爬到最高几层书架的。所有一切都擦得锃亮，地板上打过蜡，光可鉴人，窗明几净，纤尘不染。

"我很同情在这儿收拾房间的人！"比波心里想，他很赞赏这儿的整洁。

他看来看去想找一个人，一个图书馆的管理员。可是他一个人也没有看到，于是他决定自己去找。

他看看那些书的书脊，发现每本书的名字都是按照字母顺序排列的。他这时正站在字母 A 的大厅里。

"看来这很简单，"他想，"我去找字母 P 的大厅，顺着字母便可找到比波（Pipo）这本书了……"

他开始向前走去，一刻钟以后，他找到了字母 P 的大厅，随后又找到了字母 Pi 的书架和 Pip 这一格，最后他终于找到了那本关于他一生的书。他正要伸手去拿的时候，突然听到有一个语气温柔的声音对他说："您要什么，先生？"

比波回过头去，看见身后有一只穿着绿色制服，戴着绿色鸭舌帽的白老鼠。白老鼠正用它红色的眼睛盯着他，脸上露出带有敬意的微笑。

比波
（Pipo）

"我在寻找那本有关我一生的书。"比波回答说。

"那太容易了，我这就给您。请把衣服脱了。"

"什么？"

"请把衣服脱了，"白老鼠轻轻地又重复了一遍，"如果不是全身赤裸，任何人都不能看有关自己一生的书。这是规则。"

比波脱去了衣服，随后他接过白老鼠递给他的书，开始阅读。他看到了他整整一生，从开始到现在的所有细节。当他看到你们现在正在看的那一句话时，他发现书上的字没有了，剩下的都是些白页。

他感到非常失望，对白老鼠说："完了吗？"

"还有三行。"白老鼠冷漠地回答说。

比波看了看，书上刚刚又多了几行字——就是你们刚才看到的。

"啊，我懂了！"比波说，"这本书是跟着我的生活同时写下去的。"

"对极了！"白老鼠说。

"所以我这是白到这儿来了。"比波语气辛酸地接着说。

"也不能这样说，"白老鼠微笑着表示，"您至少懂得了三件事。"

"哪三件？"

"现在的一切是存在的，过去的一切已经不存在了，将来的一切还没有存在。这看起来似乎不值一提，可是这是所有的智慧所在。世界上所有的书也不能告诉您更多的东西。"

白老鼠讲完这些话就消失了。

26
金发女骑士

二十分钟以后，比波重新穿过院子，走出了城堡，这一次他一个人也没有碰到。他的马仍旧被系在拱门下面，可是它不是孤单的，另外有一匹灰色的马被系在它的旁边。两匹马相互亲热地摩擦着身子和嘴，就像它们在抱吻一样。

"嗨！另外有人来了吗？"他把他的缰绳解开，可是小红马固执地不愿离开那匹陌生的马。比波拉着，叫着，生气了，但是毫无用处。他懒得再使劲了，在一块界石上坐了下来。他等着这匹陌生马的主人来解开那匹马时再走。

整整一刻钟过去了，图书馆的门开了，走出来……一个年轻姑娘；一个穿靴子和皮裤子的年轻姑娘，可是她金黄色的头发非常眼熟。她是那么美丽，比波看得连呼吸也停止了。他站起来，行了一个礼，帮着年轻姑娘把她的灰马解开了。

"谢谢，先生……"她说，"您为我看管马匹，您真好！"

比波的脸红了，他结结巴巴地回答说："其实……我没有干什么事情……我本来想走了，可是我的马不肯……"

他一面说一面帮着年轻姑娘跨上马去。年轻姑娘坐稳以后，亲切地回答说："这无关紧要，先生，还是要谢谢您的，再见。"

说完，她就骑马走了。

比波王子也骑上了小红马，想朝相反的方向走去。可是小红马比波根本不听他的。它不顾王子的命令还有他的踢打，径自去追随那匹灰色的母马。

金发女骑士听到身后的马蹄声，侧过头来问道："什么事，先生？"

"请原谅，"比波难为情地说，"我不知道我这匹马今天怎么了，总是没法使它服从我的命令……可是往常它是很听话的……"

这位小姐不耐烦地回答说："总之，先生，这件事总得有个完吧！您是一个很高尚的男子，至少我希望如此，所以我想我们的意见一定是相同的：我们没有什么需要一起干的事情。是不是？"

"是的。"比波咕哝着说。

"既然这样，"年轻姑娘说，"那就请把您的马系在树上，随后让我走。"

"这倒是个主意。"比波无可无不可地回答说。

比波把他的马系在一棵不太高的梧桐树的树干上。他刚把马系好，金发女骑士便神色冷淡地对他说："谢谢，先生。

再见，先生。"

说完，她便策马不紧不慢地走进了闪射着阳光的树林。

比波目送她远去，他有点儿失望。他希望那匹灰马不愿离去。他几乎是不由自主地轻轻地嘀咕了一声："但愿她别走！"

他刚说完这句话，小红马比波便张大鼻孔，露出它的黄牙齿，嘶叫起来。灰色的母马站住了，转过身子。金发女骑士发火了，她大声喊叫，扭动腰肢，用足跟踢马，拉扯马鬃……可是那匹母马毫无反应，只是不紧不慢地小跑着向小红马比波奔来。

这位小姐怒气冲天，气得哭了。看到她这副模样，比波王子差一点没有笑出来。

"这是您的错！"她叫道，"我应该打您，是您故意这样子的！"

"我？喔，不！"比波说。

这一次，他的确没有讲真话。

"现在我怎么办呢？"眼泪汪汪的小姐接着说，"我甚至不能去我想去的地方……"

"请听我说，"比波说，"也许我们有办法把这件事安排妥当。既然这是我的错，更可以说是我的马的错，那么我向您建议：您不必改变您的计划，也不要改变您的旅行路线，您可以不必管我。我将跟在您后面，因为我也没有其他办法，可是我将像一个仆人那样跟着您，我并不想强制您做我的伙伴。您看这样行吗？"

年轻的姑娘用鼻子吸了吸气，擦了擦眼睛。

"您这样做真是太客气了，"她说，"可是我不能接受。我们这样赶路像什么样子？看到我们的人会怎样想？"

　　"他们会以为您有一个卫士。"

　　年轻姑娘微微一笑说："可是您呢，您肯定有什么事情要办……您将浪费时间……"

　　"关于这一点，"比波说，"请别担心！我也不知道我要去哪儿；至于我正在寻找的东西，我根本不知道我将会在什么地方找到它！"

　　"这真是太奇怪了！"这位小姐说，"您倒是想想看，我的情况和您完全相同。我也不知道我应该到哪儿去才能找到我在找的人！"

　　"那就太好了！"比波高兴地说，"如果我们谁也不知道去哪儿，我们就一起去！"

　　他们两人就这么走了。比波起先还想和他的同行者保持一定的距离，以免显得有点儿不得体……可是毫无用处，两匹马总是用尽力气要肩靠着肩，脸擦着脸地一起走。开始时，金发姑娘做了个鬼脸，可是慢慢地她也死心了。她耸耸肩膀，开怀大笑，唱起歌来了。后来，看到比波还是小心翼翼地一言不发，她突然问道："总之，您在找谁呢？"

27
金发女骑士的故事

"总之，您在找谁呢？"年轻姑娘问。

"我在找我的父母。"比波说。

"您离开他们了吗？迷路了吗？看不到他们了吗？"

"他们……消失了。"

"这怎么可能呢？"

"喔！说来话长哪！"

"您讲讲吧，我们有的是时间。您讲完以后，如果您愿意，我也可以把我的故事讲给您听……"

于是，比波又一次把他的一生从头至尾讲了一遍。他只删去了两件事情：首先他没有讲自己的名字，其次他也没有讲所有与波比公主有关的事情。

"听我讲我心爱的女人，"他不无道理地这么想，"是不会使别的女人感兴趣的……"

他刚一讲完，金发女骑士便用一种若有所思的语气接着讲道："真是奇怪！您的故事的结尾和我的完全一样。我也是一个客店女主人叫我去大图书馆的。而且我也像您一样，从大图书馆出来时非常失望……我倒是没有打开我那本书；我怕那只白老鼠……"

比波哈哈大笑，接着他怯生生地问道："您，您也在找您的父母吗？"

"喔，不！我的父母已经去世了。"

"噢！"比波说。

过了一会儿以后，他又轻声问道："我不能帮帮您吗？"

"我想不能。"她说。

"您能肯定吗？"

"我也在这么考虑。"

讲话又停了一会儿，停的时间比刚才长些；随后年轻姑娘耸耸肩膀说："总之，为什么要瞒您呢？我在找我的未婚夫。"

"噢！"比波说，他感到有点儿失望。

又停了很长很长一段时间，接着，比波似乎用足了力气问道："您找不到他了吗？"

"我从来没有见过他。"金黄头发的女骑士回答说。

"那么是您的父母替您订的婚？"

"不，我的父母也从来没有见过他。"

"那么他怎么会变成您的未婚夫的？"

"您一定会觉得我很蠢……我只是在梦中见过他。"

这一次比波什么也不敢再说了。有一个问题在燃烧他的舌头，可是即使给他一个帝国他也不敢提出来。他觉得心乱如麻，简直像要晕过去了。

可是年轻的姑娘毫无觉察。过了一分钟她又开始讲了，她也开始讲她的身世："我也是国王的女儿；我也像您一样，有如愿以偿的天赋，我所有的心愿都会实现，至少是和我直接有关的心愿都会实现。不幸的是我的父母也知道了我具有这种本领。我的父亲要我为他祝愿一件事情……一件我不愿意为他祝愿的事情……"

"什么事情？"比波问。

"他要我祝愿他得到胜利。他是一个非常强大、富有侵略性的国王。等到我为他祝过愿以后，他就要向所有的邻国宣战。他的企图是要建立一个大帝国；而我，我只想平平安安地生活。"

"您说得对。"比波说。

"我现在已经不再那么有把握了。在政治方面，您知道，美好的感情是没有用的。善良也许比邪恶好一些，可是最糟糕的是弱小。如果可以重新开始……"

"不过我仍旧认为您当时做得对。"比波微笑着说道。

"这有可能。无论如何，我已经拒绝了。我父亲勃然大怒，叫人把我关在我的房间里。一些仆人被派来日夜监视我，一直要到我改变主意……可是我非常坚决。就在这时候，我的未婚夫第一次出现在我面前。那是在一天夜里，我在床上哭着哭着就睡着了，也没有换衣服……突然他像幽灵一样出现在我眼前。我呼唤他，我们讲了几句话，随后他消失了……

喂，您怎么了？您的脸色那么苍白……"

"没什么，"比波说，"请继续讲。"

"后来，我的父亲就宣战了。可是这次战争，他失败了。当我知道敌人已经侵入了我们的领土时，我曾祝愿要把他们驱走……可是这一次却一点也没有用。总而言之，我相信我父亲对我的能力抱有过多的幻想……在三个星期里面，王国被无情地入侵，抢劫，蹂躏，掠夺。这些入侵者，我现在知道，也并不比我们好一些……我父亲的城堡被轰炸、被焚烧，我

家里所有的人都被屠杀了，我迷失在浓烟滚滚的走廊里面，不知道从哪儿出去，突然我的未婚夫第二次出现了。他把我带到一个出口处，我总算没有被人看见，逃掉了……可是请告诉我，您真的脸色不太好！我们别再讲了好吗？"

"不，不！"比波嚷道，"一定不要这样！把您的故事讲完！后来您又怎么了？"

"后来？后来我就逃走了。幸好我逃走时身边带了几件首饰，我把首饰卖了买下了这匹母马……我骑马走了几天，也不知道到哪儿去。等我把钱用完以后，我还是继续旅行……这时候有一位客店女主人接待了我，要我把我的故事讲给她听，随后她叫我上大图书馆去。现在，我所处的情况与您相同……这会儿，您好像好一些了。"

比波果然不再哆嗦了，他的脸色也已经泛红了。他深深地吸了口气，满心喜悦。他对年轻姑娘说："您的女店主做得对。我的名字叫比波，我是您的未婚夫，而您，您是波比公主。"

这一次，轮到年轻姑娘脸色发白了。她看着比波，比波也看着她。两人都直勾勾地盯着对方看，看了很长时间……

这时候两匹马开始奔跑起来。

夏洛书屋·比波王子

28
再次跃过火山

开始时，两匹马小跑着；那是一种非常规则、非常单调的碎步小跑。随后是大步跑；两匹马的马腿同时敲击地面，动作协调得就像一匹马一样。

"它们这是要干什么？"波比公主问。

"是啊，"比波回答，"我也不知道！"

他也不知道，这是真的，可是他并不因此而担心。他跟随着马的动作起伏着。他很有信心。

公主想控制她的坐骑。她收紧缰绳，身子往后仰……灰色的母马根本不听她的指挥。正在她沮丧得不想再驾驭她的马时，她听到了一个声音："你们两个互相把手拉紧！"

这个声音，比波听出是他的小红马的声音；这是他第三次听到它的讲话声了。比波向公主叫道："抓住我的手，

别怕！马儿知道的比我们多！"

波比公主迟疑了一会儿以后下了决心，她抓住了比波王子的手。几乎就在这一刹那间，两匹马开始狂奔，而且越跑越快，始终是越跑越快。他们四个现在变成了一头有八只脚、两条胳膊、两条腿、四个脑袋的怪兽了。

树木在他们的左右两边疯狂地往后退去，树叶形成的穹顶在他们的上空逃窜。随后，几秒钟过后，森林便消失了。突然，迎面出现了火山，它一分钟一分钟地变得越来越大，像在跳跃着向他们扑来……

"不！不！"波比公主叫道。

可是比波王子还是一言不发，只是把她的手握得更紧了。两匹马冲上了山坡。它们起先走的是一条弯弯曲曲的路，路的两旁都是一块块大石头。在这些石块的后面和周围，站着一大群穿着节日盛装的人。他们手里举着花束和小旗帜，做着友好的姿势；他们送来一个个飞吻，叫着欢迎他俩的口号。

随后，道路变得狭窄起来了，坡度也越来越大。两匹马稍许减慢了一些速度，不过还是在奔跑……终于，它们使出了最后的力气，跑到了火山口边缘。它们用后足直立跃起，前足在炽热的空气中拍打着，蹿进了烈火的深渊。

波比公主发出一声长长的号叫，扑进了比波王子的怀里。王子却并不害怕，这种致命的跳跃他已经不是第一次经历了；他知道他的马不会出卖他。

果然，在滚滚的浓烟烈火和形成旋涡的空气中飘摇了很长一段时间以后，这两个人和两匹马又轻轻地往下坠落，慢慢地滑进了一个温和的天空，最后又非常轻柔地跌落在一块新鲜的草地上；他们就这样闭着眼睛，幸福无比地躺在那儿，躺了很长时间。

当他们重新睁开眼睛的时候，看到自己正处于一片田野之中。火山不见了，太阳下山了。

"我们这是在什么地方？"波比公主问。

比波王子回答她说："我们抵达目的地了。我认出这是我的国家。"

29
比波国王

这是千真万确的，我亲爱的朋友们！比波重又找到了他父亲的国家，富饶的原野，肥沃的田地和一片升平气象，就像在这个故事开始时，第一次跃过火山以前那样。

"您对您说的话有把握吗？"公主问。

"我完全可以肯定，"比波说，"今天夜里我就可以把您带到城堡里去，把您介绍给我的父王和母后。"

这时候，波比公主向比波王子转过身去，真心诚意地向他伸出了手。

他们又翻身上马，催马快跑。已经可以看到远处城堡里的灯火了。一路上，这儿那儿都可以看到一群群盛装的平民。在他们经过时，这些人都高兴地跳着，鼓着掌，叫喊着："比波国王万岁！波比王后万岁！"

在花园的栅栏外面，有一大群人在等候他们，这些人有的举着火炬或是油灯，有的举着电灯泡。大家争先恐后地帮着王子和公主下马，随后陪着他们一直走到所有的窗户都亮着灯光的城堡门口。

一走进城堡，比波便向周围瞧瞧；他认出了每一件东西和每一张在向他微笑的脸。可是到处都可以看到有一种微小的差别：所有的东西都要比他记忆中的小些，一个个脸庞都要比从前的老些。所有的人都目光炯炯地不声不响地看着他，仿佛在等他先开口讲话。

"我的父母在哪里？"比波问。

这句话刚一讲完，便有人挽着他的胳膊，带着他登上楼梯，走进了他父亲的房间，可是这个房间是空的。

"我的父亲在哪儿？我的母亲在哪儿？"

没有人回答他。有人替他脱下他身上的衣服，有人替他洗澡，有人替他擦身子，最后又有人替他穿上了一套崭新的、漂亮的衣服。他一面随他们摆布，一面还是不断地问："我不是要这个！我要见我的父母！"

始终没有人回答他。重新被穿上衣服以后，他又被带到了楼下开庆祝会的大厅里，他在那儿又见到了也穿上了宫廷服装的波比公主。他们两人被带到一个大帷幕前面。一到那儿，他们都站住了，大厅里又安静下来了。一个跟班走过来，抓住沉重的幕布，往一边用力一拉……木环在帷幕木杆上滑了开去，出现了大厅的另外一半，比波发出一声欢呼：在他面前几步远的地方，他看到了他的父亲和母亲！

他最最宝贵的愿望终于实现了！

他向他们奔去，他的父王也向他奔来。比波扑进他的怀里……可是突然"嘭"的一声，他的脑袋撞在一个又硬又冷的平面上。他用双手摸索着……老国王在他面前模仿着他所有的动作，脸上带着伤心、悲痛和怀疑的表情……比波终于弄明白他现在面对的是一面镜子。他身子一软，跪倒在地，脑袋左右摇晃着，张开嘴呻吟着，晕过去了……

他又看到自己躺在梦幻的海洋边缘的沙滩上，有一个老妇人站在他的面前。他一眼便认出了她，就是那个女巫，他的假母亲，被他砍成二百五十六个小女巫的老妇人……可是她也是那个好心的女店主，迷童客店的女店主……而且她也是大图书馆的女看门人。看到比波睁开了眼睛，她微笑着问道："怎么样，陛下，旅途可好？"

"是您？"比波问，"您到底是什么人？我们现在在什么地方？"

"你现在在梦中国，我是水边大女巫。在你出生以前，是我把你给了你的父亲。如果你要儿子，我可以给你一个。你要不要儿子？"

"我要我的父母。"比波回答。

老妇人摇摇头。

"你再也见不到他们了，"她说，"我已经对你讲过了，这是一个不可能实现的愿望。不管你有多大的本事，你不能让时间倒退，也不能使时光停止流逝。可是，由于你坚持不懈，你已经有了一些收获：你自己已经变成了你的父王，你找到了将成为你王后的女人。你们马上就要结婚；对你的人民来说，你们将成为他们的父母。你们就是为了这个才到这个世界上来的。但愿你们将无愧于自己的父母。"

"可是……"比波说。

就在他说"可是……"的时候，他醒来了。他发现自己坐在一把扶手椅里，四周围着大臣；波比公主把一只气味强烈的嗅瓶递到他的鼻子下面。

当天傍晚，波比公主和他结婚了。结婚仪式结束以后，他们去睡了，而在他们窗下的庆祝活动一直延续到第二天清晨。

30
续篇和重新开始

比波的故事就这样结束了。

也可以说没有结束：比波王子的故事是结束了，可是比波国王的故事还只是刚刚开始呢。

可是比波国王的故事我不讲给你们听了。首先，这个故事不是讲给你们这样年纪的人听的；其次，这个故事非常长，这本书里容纳不下。

你们只要知道比波国王是一个非常非常好的国王，波比王后是一个非常非常好的王后就行了。他们执政的时间很长很长，他们的人民是世界上最可爱的。

你们也要知道他们有了一个儿子。关于这个儿子的故事，如果你们想知道，那真是再容易不过了；你们只要把这本书翻到第一页，把比波王子的故事重新看一遍就行了，因为所有国王的儿子的故事都是大同小异的。